ASAS SOBRE NÓS

Título: ASAS SOBRE NÓS
© 2022, Thales Guaracy

1ª. Edição, 2022

Design: Carlos Renato
Modelo da capa: Cassia Andrade

Dados Internacionais de Catalogação na Publicação (CIP)
(Câmara Brasileira do Livro, SP, Brasil)

Guaracy, Thales
Asas sobre nós / Thales Guaracy. - São Paulo :
Assírio & Alvim, 2022.
ISBN 978-65-993688-5-1
1. Poesia brasileira I. Título.
22-101003   CDD-B869.1

Índices para catálogo sistemático:
1. Poesia : Literatura brasileira B869.1
Maria Alice Ferreira - Bibliotecária - CRB-8/7964

Todos os direitos reservados. Nenhuma parte desta publicação poderá ser reproduzida por qualquer meio ou forma sem prévia autorização de Autores e Ideias Editora Ltda. A violação dos direitos autorais é crime estabelecido na Lei nº 9.610/98 e punido pelo artigo 184 do Código Penal.

ASSÍRIO & ALVIM é um selo editorial publicado no Brasil pela Autores e Ideias Editora Ltda. sob licença da Porto Editora S.A.

R. Coelho de Carvalho, 81, CEP 05.468-020 Alto da Lapa,
São Paulo, SP
Contato: assirioealvimbrasil@gmail.com
@assiriobr
www.assirio.com.br

Thales Guaracy

ASAS SOBRE NÓS

ASSÍRIO & ALVIM

A todos os que mantém acesa
A chama

Prelúdio

A maior história
Não é a história dos fatos
Pesados vendidos e comprados
No arbitrário mercado
Do verdadeiro ou falso

A maior história
É a da origem dos nossos atos
A história do espírito dos tempos
Desejos e sentimentos
Que nos movem ao certo e errado
E somente em poema
Podem ser expressados

Segue aqui tudo o que amamos
Sonhos desejos planos
E como em prática os colocamos
Relato das nossas aspirações
Conquistas (breves) glórias

Frustrações desilusões
(Mas foram mais vitórias)

Fomos muito fomos tudo
Ou quase tudo
E se mais não fomos
Não é porque não pudemos
Ou pouco lutamos
E sim porque nenhum destino
Terá sido grande o bastante
Para o tamanho dos nossos sonhos
E a pureza dos nossos propósitos

O espírito do tempo
É o espírito de quem faz o tempo
E só nós sabemos
Pelo que passamos
Fazedores do nosso tempo
Do destino para sempre

Por trás da história há tantos e tanto
O indizível onde está o encanto
E que conosco levamos em pranto
Quando chega a hora

Porém antes desse momento
Eu canto a geração da liberdade
Fazedora da liberdade
Asas sobre nós
Da liberdade fizemos o futuro

E do futuro
Fizemos agora

Sei que nos empenhamos
Por nós mesmos e quem vem depois
Vivemos livres vivemos bem
Deixamos algum ensinamento
E sobretudo um hino de amor
Ao Brasil ao mundo à vida
E se dela um dia acontece a partida
Por esta canção
É introdução
Não despedida

Nossa geração
Não se esquece
Por ser inspiração
A quem depois vier
A quem quiser
Sobretudo a quem não quiser
E aos filhos do nosso tempo
Entregamos
Com amor e suor
A imensa tarefa
   Da continuação

(T.G., 2022)

I.

"Uma vela acesa!"

Ao lado da cama a chama expira
Diante da mulher que tudo ensina
E para minha surpresa
Sobe a espiral fina
Bico de pena no ar rabiscado

Com um sopro vai-se o lume
E dá um suspiro também o amor
Aquilo que um dia foi tudo
Apagado no criado-mudo

Num instante esmaece
A luz da minha prece
Resta o pavio enegrecido
Fiapo do coração
Exalando cheiro de queimado
Ou de extrema-unção

Vida que acaba
Desaba
Pressentimento
Prenúncio
Ou anunciação

*

Só depois do gesto malfeito
Os olhos da serrana bela
Que já foram amor iridescente
De amante amiga e confidente
Indagam no brilho angustiado
Se tinha feito algo de errado

Porém é tarde de repente
Tarde não só para mim e para ela
Tarde pelo gosto do fim
De algo que não tem mais jeito
Desarrumado dentro do peito
Algo que não volta atrás
Fica só o espanto
E levanto
Chocado e com a cara de pranto
De quem vê um vaso quebrado

*

Desço a escada sem dizer nada
Meus passos ressoam pelo chão
Levo a mim mesmo pela mão
Vou até a porta da rua
Pensando como viver nesta prisão
Eu
Logo eu
Nascido no ano do dragão
Fugido do apartamento
Para o campo aberto e largo
Inconciliável com a solidão
Menos madrigal e música de câmara
Que vento tempestade raio e trovão
Oposição a este planeta de acomodados
Conformados com o destino
Mortos na desilusão

Firo o tempo e o espaço
Ocupo a imensidão
Derrubo limites
Criando inimigos por todo lado
Feridas para quem amo e desamo
Vidas a soçobrar na insaciedade
Na impermanência e insatisfação

Porque para mim tudo
     Ou alguém que deveria ser tudo
Nunca é o bastante

Só a arte
Refúgio de quem a tem
Levanta os braços lassos
Alerta os moucos ouvidos
Aviva e espraia o sonho germinal
E mesmo que isto termine
Sempre comigo sozinho
Ou por mim mesmo enganado
Sem abraço sem laço sem nada
É melhor deixar pelo caminho
A sociedade dos adormecidos
Anestesiados por contos de fada
Na encruzilhada da perdida estrada
Rei dos esquecidos

*

O que foi feito do meu amor
Do nosso amor e de todo amor
Amor por uma mulher um país
Amor pela própria existência
Amor por tudo o que eu quis
Fruto de esforços sobre-humanos
Durante uma vida inteira
Esforços meus e da gente companheira
Nessa jornada de tantos anos

Missão que era a primeira
E virou última
Na aparente frustração
De tudo o que quisemos
Tudo pelo que lutamos
Nós que bem sonhamos
Um reino de liberdade
Caminho do amor e felicidade
Realização pura e legado
Ao futuro como a verdade
Da nossa geração

Nós das grandes certezas
Nós a acabar com as asperezas
Deixadas por guerras e tiranias

Nas quais tantos morreram
E todos perderam
Nós fundadores com a liberdade
De um círculo virtuoso de progresso
E progresso com mais igualdade
Triunfo da paz
Desfrutada como direito
Patrimônio da humanidade
E que vemos súbito
Virada em ventral decúbito
De repente ameaçada
De repente tão fugaz

Ironia final
O mundo contaminado
Pelo vírus do retrocesso
Mostra que estive enganado
E o nosso melhor
O tanto que pudemos fazer
Não foi para mais se merecer
Ou acabou dando
      Muito errado

*

Agora o mundo que inventamos
Jaz com cara de arruinado
A liberdade se voltou contra nós
O progresso que experimentamos
Foi devorado por ele mesmo

Admiro o deserto
Onde estamos todos miseravelmente perto
Lá fora o mundo é natureza morta
Tomada pela miséria e pela solidão
Multiplicadas pela pandêmica praga
A mostrar como se estraga
A vida feito maldição

Mesmo quando não mata
O vírus instala o medo
Inocula a paranoia
Anuncia o Apocalipse
O eclipse até a escuridão

Na claustrofóbica elipse
Da vida em casa aprisionada
Vivemos um lapso ou tropeço
Um fim que ainda é cedo

Ou um futuro sem começo
De um passado que não acaba

Neste Decamerão
Não há refúgio toscano
Não há saída
Nem há perdão
Não há reposição do ano
Só há a noção do tempo perdido
E a falsa companhia
Que é a mais funda solidão

*

O vírus letal
Asfixia e mata
Fecha portas
Esvazia ruas
Deixa nuas
Nossas mazelas
Quando ao final
O lobo homem se revela
No primitivo impulso de salvar a pele

Peste macabra
Pega o idoso
O doente crônico
O desavisado de todas as idades
Os escolhidos na roleta da fortuna
Sem que se saiba a razão

Doença má e insidiosa
Carregada flutuante
Insinuante e melindrosa
Baila no ar e inalada
No peito se instala
Desoxigena o sangue
Destrói pulmões
Cérebro fígado rins

Deixa febres e tremores
Dores de cabeça e no corpo inteiro
Mata por asfixia sistêmica
Forma mais cruel de morrer
Porque o homem passa sem comida
Passa sem água
Passa sem dormir
Passa sem amar
Até sem amar
Mas não suporta um minuto
        Sem ar

Somos a única criatura
A viver mais do que a natureza manda
Por artes da ciência
Filhos em revolta contra a mãe
Rebeldes a negar o destino
A lutar contra a fatalidade
Então
Como a nos dar uma lição
Vem a nêmese invisível
Espalha doentes
Lota os hospitais
Tira pais de filhos
E filhos de pais
Em plena megalópole
A morte é solitária
Seres humanos são de casa exumados
Jogados por empilhadeiras
Dentro do caminhão

Lacrados no caixão
Para evitar a contaminação

Assistimos pelo meio virtual
Vidas que não mereceram
A maldição do pecado original
Acabarem como números de série
Gente sem nome nem despedida

Pernas e faces misturadas
Passos da multidão pela calçada
Desapareceram no silêncio sepulcral
No vazio da escuridão
Longe foi o riso
O batom na taça de cristal
O corpo sobre o lençol
O rosto do amor na cama
Na morte de tanta gente
Que se ama e não se ama
Ninguém sabe quem faz mais falta
Ou fazem falta todos
E choramos todos por igual

*

O homem que antes disputava
Emprego
Lugar na fila
Amor e aconchego
Agora é isolamento
Corta qualquer contato
Evita dividir o ar

O mundo tem cheiro de medo
Medo de perdermos a nós mesmos
Perder amores e afetos
Avôs pais filhos e netos
Nossa razão de viver

Fecham lojas clubes e indústrias
Fecha a caixa das desumanidades
Fecham as artes plásticas e lúbricas
Fecham os relógios e os amores

Tudo é proibido
É proibido sair de casa
É proibido o beijo e o abraço
Proibido cumprimentar com a mão
Proibido encontrar a mãe o pai o irmão

Somos pura carência
Ausência do toque humano e do afeto
As cidades viram deserto
As sombras são relógios de sol

No planeta paralisado
Gigante nocauteado
Aviões pousados
No solo ancorados
Fábricas inoperantes
A grande edificação civilizatória
É um espantado presépio
Enquanto dentro de casa
O suor embebeda o sono

*

Cai o Golias da civilização
Está suspenso o progresso
Até segunda autorização
Somem a sanha consumista
A selvageria predatória
A ambição desmedida
Do homem conquistador
Da Terra Deus e Senhor

A natureza retoma lugares perdidos
Nas grandes metrópoles o céu
Antes cinzento da nossa fuligem
É outra vez azul de cristal
Peixes, patos e cisnes
Navegam nos canais de Veneza
Subtraído de cena o único bicho
Que produz lixo terrestre e espacial

Uma sinfonia de sons naturais
Alegra o cemitério de terra cimentada
Vida dentro do concreto
Da existência pavimentada

Na trégua planetária
Só não desligaram o botão

Das máquinas deste quarteirão
Seguindo metodicamente
Seu trabalho de demolição

Ao meu redor acaba
A paralisação resignada
E como os sobrados
Derrubados em meio à poeira
Desaba minha memória inteira

Com as casas antigas
Vai-se o passado
Portas abertas para a rua
Crianças na calçada
Brincando de pega-pega salta-mula
Roda-pião
Quando ninguém se preocupava
Com coisa nenhuma

Lembrança derrubada
A golpes de aríete
O tempo desmorona
No jardim de pedra
Brotam condomínios fechados
Portas trancadas
Alarmes
Câmeras de vigilância
Em profusão

Na rua fatiada
Atrás das grades de ferro

Vida engaiolada
O pó cintila suspenso ao sol
Ouro dos tolos que respiramos
Entupindo os nossos pulmões

Na calçada oposta atrás do tapume
Brame a demolição
Trabalham o trator e o caminhão
No lockdown que detém a epidemia
Acima dos vivos e mortos
Avança a construção
Como desde os antigos faraós
E sua pirâmides inexplicáveis

*

Para uns a riqueza cresce
Enquanto a miséria varre a terra
Aumenta na pandemia a legião
Dos marginalizados
Desempregados
Subempregados
Subalternos de todas as classes
Miseráveis absolutos
Esquecidos por Deus e pelos homens

Famílias inteiras
São retratos de natureza morta
Em barracas
Sob os viadutos
No calçadão
Nas costas dos muros
Nos jardins e parques
Aldeia global de desabrigados

Carregam a fome
E fragmentos do passado
Restos empilhados
De gente que já foi gente
Sofá cadeiras
Malas de roupa fogão

O imundo colchão
Crianças e velhos e adultos
    E o cão

Passamos por cima deles
Entre as bitucas de cigarro
Plástico rolando ao vento
E todo o lixo do chão

Sou um deles
Sinto o desespero correndo nas veias
A dor de ter sido e não ser mais
Pele rasgada na crueldade do mundo
No abandono
Na desimportância
Arrotando arroz requentado no fogo de lata
Crianças não a brincar de fogueira
Só ao calor estendendo a mão

Para nós refugiados
Em casas de verdade
Agora essa realidade
Entra pela tela de líquido cristal
Onde se compra a comida
E se consomem temores

Do éter vêm as notícias radioativas
As maledicências amigas
Toda a raiva e a mentira
Inoculadas pelos demagogos de plantão

Jogando todos contra todos
Com promessas de salvação

O tirano insano com seu veneno
Manda à morte a população
Louco do circo de arame
Proclama o fim da democracia
Apela ao quartel
Volta a um passado morto
Esquecido e enterrado
De um tempo mais que perigoso
                    Cruel

Tempo de desaparecidos e mortos
E mortos desaparecidos
Tempestade de violências
E barbarismos medievais
Onde bastava ser diferente
Bastava estar pela frente
Bastava ter vontade própria
Para a perseguição

No império da arbitrariedade
Reino da força bruta
Da intolerância
Daqueles que não conhecem iguais
A Justiça tarda
Mancha-se o homem
Mancha-se a farda

Feita para impor a ordem
E não destruir seus ideais

Eis de volta
Batendo à porta
O mundo que acabou
E achávamos enterrado
Até nunca mais

   *

Quanto custa um pedaço de pão
Quanto custa ter coração
O que é preciso para uma nação
Construir uma civilização
Capaz de honrar esta definição

Triste conclusão
Para uma geração
Em que sonhos e esperanças
Por tanto tempo foram realização

Não foi para isto
A aurora da nossa aurora
Fim de horrores e criatura
De um mundo maduro
Menos duro
Ao amor aberto
De si mais certo
Com gente crente
Nos sonhos que ousou sonhar

Nós que levantamos
Um país dos seus grilhões
Da ditadura e todas as ditaduras
Do poder

Da política
Do comportamento

Nós que fizemos
Cair muros e regimes
Escancaramos os porões
Reprimimos a repressão
Derrubamos os falsos poderosos
No Brasil e no mundo
Nós que libertamos a liberdade
Prenúncio de uma era
De plena felicidade

Nós que criamos
Um tempo de paz
Imperfeita é verdade
Mas paz como não houve jamais
E se estivemos tão perto
De sermos um mundo só
Foi decerto
Porque éramos nós

Nós que mudamos o mundo
Demos ao mundo
Outro diapasão
Nós que mudamos o Brasil
Nós que refizemos o Brasil
Ou lhe demos direção
Liberdade

Democracia
Igualdade
Mais justiça
E sobretudo esperança

Nós que fizemos da liberdade
Ainda que tardia
Um país de alegria
Para prosperar
Para falar
Para não ter medo
Liberdade de quebrar barreiras
Ultrapassar fronteiras
Para o homem irmanar o homem
Razão absoluta
A demonstrar à luz e à vista
Que ninguém é melhor que ninguém
E ninguém pode ficar para trás

Acreditamos na bondade
Pela liberdade despertada
Acreditamos na juventude arfante
Que deixou as armas pelo chão
Rendeu os militares
E venceu o canhão
Fizemos do Ocidente
Império da civilização
Tempo do hedonismo como política

Sem limites para desfrutar
Nem para a ambição

Não mais a política nociva
Lasciva tentação de poder
O demônio da força e do medo
O terror do governo arbitrário
Sobre eles vencemos não heróis
E sim homens normais
Pais de família com salário
Irmanados na simples vontade
De progresso e de paz

Não aceitamos a servidão
E fizemos todos iguais
Em liberdade e tudo o mais
Sonho de tempos atrás
Finalmente possível
Gigantesca realidade
Fruto do nosso tempo
Surgiu a humanidade
Do homem sem tempo
Nem nacionalidade
De um lugar e todos os lugares

Deixamos o futuro perto demais
Para vê-lo escapar da mão
E no fim e ao cabo
Tudo o que construímos
A vida o Brasil o mundo

Parece desabar de roldão
Choque de uma nova realidade
Ou uma velha realidade
Subterrânea invisível
Para olhos do cego que não quer ver
Ressurgida como erro
Destino ou maldição

*

O tempo se escreve na pele
Curtida de sol e condecorações da vida
Tempo de alma benzida
Pela experiência e sabedoria

Somos donos dos nossos sonhos
Do esforço
Das ideias e dos ideais
Porém tudo em que acreditamos
Se deu certo ou errado
Se foi bom ou ruim
Ninguém sabe mais

Olho atordoado
Tudo o que amamos
Pedindo que eu-algo mude
E a necessidade
De recomeçar tudo
Mesmo sem sequer a juventude
Ter mais ao nosso lado

Apesar do desalento
Do pó soprado pelo vento
No rosto de quem já viveu tanto
Tantas vezes provado

Eu já um tanto cansado
Mas sem perder a indignação
Nem o espanto
Eu que nunca tive o joelho dobrado
A cabeça ao céu levanto
Certo de que o nosso trabalho
Ainda não está acabado

Invoco o espírito do tempo
Em que nós
Herdeiros do passado
Levantados do chão
Fizemos o novo tempo
Do pensamento
Da expressão
E da ação

O homem se faz na necessidade
E neste poema sustento
Afirmo defendo e provo
Que se ainda é preciso
Acreditar na liberdade
Proteger a liberdade
Lutar pela liberdade
Podemos devemos
Começar tudo de novo

*

A civilização morreu outras vezes
Como o amor
Tantas vezes perdido
Mas ressuscitou

Busco o ponto onde nos perdemos
Ou nos degeneramos
Desvio tremendo
Destino em remendo
Onde a realidade é temida
E a saída
Um desafio monumental

Criamos vantagens à custa alheia
Criamos tabus
Ambições cobiças egoísmos
Inventamos novas diferenças
Raiz das violências

A grandeza foi conquistada
Ao par ou por graças da miséria
Levantamos faraônicas cidades
Máquinas de voar e submergir
Fomos à lua e ao id
Prevemos terremotos e furacões

Perscrutamos o universo sideral
E deixamos a urbe baldia
Carcomida pela periferia
Tomada por gente aviltada
Esquecida excluída banida
Comendo restos e dormindo no chão
Bicho revirando o lixo
Procurando comida
E compaixão

Homem sub-homem
Homem-pária
Homem-cão
Nômade vadiando sem rumo
Espremendo da fruta o bagaço
Sem espaço sem coração

Na bacia das almas e bocas
Agora contadas a vários bilhões
Onde o futuro não importa
O jovem escolhe a metralhadora
Em vez do trabalho
Porque na vida não há
Nada a ganhar
Sem matar
Nada a perder
Se morrer

O meio virtual escoa a bile social
Cosmo inodoro e insípido

No lugar onde errar
É só o recomeço do jogo
E ninguém aprende a amar

Sem pecado ou perigo
A criança só conhece a ganância
De mudar de fase e avançar
Em uma vida sem importância
Enfiando o dedo no nariz

Para quem sonha e sorri
Pode ser melancolia
De quem viu coisa diferente
E o tempo é para a frente
Mas há tanto medo
Um clima tão azedo
Que a gentileza se perdeu
Na sociedade do engano
Como mecanismo insano
A tecnologia evoluiu
Atrofiando o ser humano

*

Mundo mundo sem amor
Sem abraço sem direção
Mundo mundo em convulsão
Que banalizou o pior horror

Mundo sem o gesto amigo
O beijo no rosto
O olhar terno tanto quanto profundo
Mundo da amargura e do desgosto
O azar do mês de agosto
No agouro do ano inteiro
Mundo do homem subalterno
Onde do sujo nasce o imundo
E do paraíso resta o inferno

Quero um país
Dos sonhos que eu mesmo fiz
Subir pelas curvas ternas
Ao vértice cálido das tuas pernas
Quero ser enfim mansidão
Menos fúria do coração
Permanente inquietação
E deixar ao mundo de herança
A liberdade e a esperança
Amor para mim e para todos

De um tempo que desabrochou
E como nós
    Deixou de ser criança

Brado da humanidade
Força para vencer a luta eterna
Que faz o homem engolir o homem
Restabelecer a fraternidade
Ou a civilidade
Num lugar sem fome
Ouvir o riso de domingo
Pratos e talheres a tilintar
Na mesa farta da família
Como nos dias da minha infância
Em que os filhos saíam à rua
    A brincar

Quero sorrir o riso franco
Espalhar amor da cidade-mundo
Ver ternura no teu olhar
Escrever a melhor história
Nas páginas em branco
Quero dar e ter dado
O melhor de mim
Não para um mundo rumo ao fim
E sim para o começo da felicidade
Ou pelo menos
Parte do sonho para o qual
Demos a vida sem pensar

*

Na casa fechada
Da vida perdida
Só há uma saída
Ao menos conhecida
Túnel para terras e mares
Nenhum e tantos lugares

Na tela luzente aberta ao mundo
Busco um nome
Num frenesi
Nome proibido
Temido até
Deixado atrás
Num passado nem tão distante
Cada vez mais importante

Nome que eu não podia
Nem sequer pensar
Nome que me faz hesitar
Mas está vivo e constante
No poço profundo
Do subconsciente

Presença latente
Emergente
Ressuscitada

Ou resgatada no instante
Da mais pura necessidade

Esperança que traz o longe mais perto
Algo seguro no meio do incerto
Algo que não mudou não muda nem mudará
Regaço de amparo e carinho
Com a certeza do abraço
Minha casa ninho viveiro
De um amor infinito e inteiro
Onde nunca fico sozinho

(E quem dera o último amor
Tivesse sido o primeiro)

*

Mão estendida e imóvel
Sobre o teclado frio
Receio o que posso encontrar
Medo da pior notícia
Medo de voar
E cair no abismo
Medo de procurar
E já não estar lá
Medo pelo medo
De aceitar o pior

Às vezes a vida é má
E com dedos trêmulos eu sigo
Como a riscar um fósforo
Como a correr perigo

Busco o facho de luz e beleza
Que ainda quero
E espero
Esteja por lá
Lembrança cigana
Cintilante no túnel escuro
Do passado que devia ter sido o futuro
Querendo de mim mesmo acordar

*

Para o sentimento
O tempo não passa
O tempo nem mesmo existe
Nele um amor nunca acaba
Mesmo quando desaba

O amor nunca se esquece
Volta como tudo o que somos
Sonhos desejos vontades
Que tivemos um dia a sós
Deixados nas humanas cavernas
Da memória que no fim somos nós

De repente o passado é presente
Como se nunca ausente
Tempo tempo que é um só tempo
Redivivo ressuscitado
Eternidade do momento
Acumulado no peito
Com força e o mesmo efeito
Porque nunca deixamos de sentir

O tempo não cura
Não mata o amor
Nem a saudade

Não mata a tristeza
Não mata a vontade

Não mata a alegria
Nem a esperança
Não mata na gente
A antiga criança

O tempo só mata o tempo
Mas o que foi e seremos sempre
É luz na matéria escura

*

A lembrança e a busca
De você e do passado
Enlaçadas as mãos
Numa atemporal dimensão
É tempo que não recomeça
Porque nunca acabou
Tempo que não teve pressa
De mostrar a mim o que sou

Menino repleto de sonhos
E das certezas da vida
Capaz de tudo e de tanto
Para quem uma estrela era perto
E não há no mundo deserto
Nem susto nem medo e espanto
Capaz de impedir que mudemos o mundo
O futuro e mesmo o impossível
Porque temos o sonho

Tempo de grandes esperanças
Determinação e capacidade de realizar
Certezas do jovem
Aquele que sabe tudo
Pode tudo e arrosta os perigos
Coragem a que nada resiste

Sem aliados, apenas amigos
Ombro a ombro como na falange
Sarissa e escudo
Vontade em riste

Tempo do eu sem espelho
Ao qual volto hoje mais velho
Com manchas e calos da idade
Mas dentro de mim
Ainda está a necessidade
Dos jovens tempos felizes
Deixados como raízes
E da tua face risonha
De quem está sempre contente
E faz a vida mais leve
Sorriso de peito aberto
Que eu conheço de longe e de perto
Sorriso que sinto ser meu
Mas a mim o destino não deu

Nunca é tarde se ainda existe
A última tábua de quem insiste
Em salvar-se de um destino de malmequer
Invoco um sortilégio qualquer
Para reviver a juventude
Volta onde se conserta tudo
Mistério para quem em mistérios crê

Na janela do tempo aberta
Tempo que só existe para quem vê

Tempo que para mim é você
Mergulho na memória
Na nossa história de amar
Sonho azul ido ao fundo
Flutuante do meu mundo
Implorando enfim por respirar

II.

O palhaço desce a escadaria
Sob um facho de luz
Cara pintada de branco
Tristonha alegria
Encenada a cada passo
Ecoa pela galeria
A poesia
De Antonio Marcos

Entoada à capela
Assim ainda mais bela
A canção reverbera no teatro lotado
Diz que todos representam bem o mal
E na disputa da maratona cultural
Feita pela escola na qual éramos rivais
Nesse instante uma vez mais
Antevi minha derrota no final

Porém
Por mais que eu quisesse vencer

Perdendo eu ganhava mais
Como é bom perder assim
Porque minha vitória enfim
Não era o troféu escolar
Era ter sua atenção

Ah o mundo sempre foi
Entre mim e você
Mesmo às vezes longe
Às vezes perto
E agora penso que o certo
Seria estarmos juntos
Hoje ou desde sempre
Quando sabíamos sem saber
O que é mais importante
Para viver

Já era assim ali
No teatro centenário
Do velho educandário
Que para mim foi a derrota
Mas nas disputas com amor
Só temos a ganhar
A maratona eu perdi
Mas meus olhos eram para ti
Na ribalta a brilhar

Você cancan no palco
As pernas subindo ao ar
Esguia silhueta

Movimento sem esforço
Sorriso distante furtivo
Naquele disfarce
Da grande rivalidade

Ninguém sabe como nasce a paixão
Pode ser desse jeito meio esquivo
Feito um jogo de dissimulação
Das verdades sempiternas

Amor que nunca teve direção
E podia ter sido só lembrança
Mas acabou sendo presença
Permanente no meu coração
Com a força das coisas eternas

*

Maratona perdida
Frustração de adolescente
Triste descontente
Olho aberta a porta da saída

Aproxima-se o professor
Para aplacar minha dor
Solidário e talvez com pena
Sentamos no banco de praça
Pelos vencedores deixado
Agora silente e sem graça
No esvaziado palco
A testemunhar a cena

No teatro vazio
Em tom de compadrio
Diz o mestre a quem
Se ainda hoje escrevo
Tanto ainda devo:
O momento mais importante
Definição de quem somos
É o solitário instante
No qual aprendemos
Que também as derrotas

Podem ser grandiosas
E belas

Eco silencioso
De mudos aplausos e risos
Vi meu esforço recompensado
E de novo esperançado
Vi adiante o futuro
Ali então começado
Seria duro
Conforme presságios
Mas estava traçado

Tempo de nascimento
Tempo a renovar o tempo
Tempo de juventude
De grandes mudanças
De outro tempo que eu já sabia
Aos poucos desaparecia
Para algo melhor surgir

*

Em si mesma a opressão
Traz a sua destruição
Não há mal que dure
Ferida que não se cure
Problema sem solução

A escola da disciplina
De renúncia espartana
Do sofrimento como caminho
De religiosa salvação
Do Deus com coroa de espinho
No fim apenas ensina
O valor da liberdade
A força da vontade
E que liberdade não se ganha
Liberdade se conquista
Como Portugal e Espanha
A navegar sem terra à vista

Cada qual usava o que podia
A você sereia encantada
Os padres recusavam nada
Conseguia tudo o que queria

Já para mim
Sem a sua suavidade

Beleza ou habilidade
Não havia opção
Restava o confronto
A rebeldia
A rebelião

O regime severo da escola
Espelhava o autoritarismo
De todo um país
Brasil da ditadura
Da delegacia escura
Do obscurantismo
Brasil dos porões
Prisão do cidadão
E de costumes

Vigilância invisível
O patrulhamento de ideias
Dava poder ao preconceito
À intolerância
Teimosamente a reinar

A censura aos jornais
À música e ao cinema
Refletia o Estado
Braço armado da sociedade viciada
Treinada para perseguir
O livre pensar

Num recente passado
Tantos tinham lutado

E muitos pagado
Com a própria vida
Para aquilo mudar
No entanto ser forte
Não é responder à violência
Que só traz mais violência
É defender a civilidade
Manter a decência
A dignidade
Custe o que custar

Já não fazia sentido o confronto
Com o regime para o qual tudo era crime
Patrono do drama de vidas ceifadas
Perdidas arruinadas
Na geração que viu nascer
E prosperar o golpe
Por alguns chamado de revolução

Era de sombras e dramas
Que arruinou tantas vidas
Como a de meu pai jornalista
Despejado do emprego
Mesa revirada pela polícia
Inútil repressão da notícia
Num regime em que o crime
    Era a Justiça

A Última Hora foi empastelada
Amigos presos torturados

Mortos ou em vida enterrados
Todos soterrados
No medo e na incerteza
Lutando pela comida na mesa
Num mundo sombrio que no final
Levava ao terror e ao caos

No Brasil se respirava mal
E tudo era escondido
Para Não Dizer que Não Falei das Flores
Saltava do toca-fitas do fusca
Meus pais diziam estar proibido
Cantar e disso até mesmo falar
Mas compartilhavam comigo
O que sequer se podia pensar

Quem crescia assim
Naquela tristeza sem fim
Queria um dia crescer
Para com isso acabar
De uma vez para sempre

Liberar a imprensa
Desemparedar a inteligência
Vencer a estupidez
O país escondia o barbarismo
E se aproximava do fracasso
Certo e cada vez mais perto
O futuro não tinha espaço

Em um país rumo ao cataclismo
Bem quando chegava a nossa vez

Pacotes econômicos em série
Um a corrigir o anterior
Faziam os brasileiros
Irem de mal a pior
Tudo era governo
A gasolina
O telefone
A luz e o gás
Tudo era controlado
O Estado
Não deixava lugar
Para onde escapar

*

A opressão na rua empresa escola
Impunha a desigualdade
Até no colégio onde um pregador
Visionário ou sonhador
Plantado na ponta da torre
Em pé sobre o globo terrestre
Lembrava que a igualdade dos homens
Não é nem será jamais uma esmola
E por ela se vive e morre

Do outro lado da construção
Que ocupava todo o quarteirão
Ironia ou premeditação
Ficavam a arte e a ciência
A fé da razão benfazeja
O anfiteatro era o templo profano
Ou simplesmente humano
Da cultura e da inteligência

Na escola espartana
À missa obrigado
Tirado dos estudos
No fundo da igreja sentado
Eu conversava com santos mudos
Pensamento ao luar

E procurava você com os olhos
Sem querer querendo
Ficar sempre por perto
E quem sabe com sorte
Ou se fosse esperto
Ao seu lado sentar

O tempo andava para a frente
Mas demorava
Até a malícia era inocente
E o pecado da gente
Era ser tão insolente
Que achava poder tudo

Acabar com todas as ditaduras
Do poder
Do corpo
Da mente
Das pessoas intransigentes
Arbitrárias e prepotentes
Num presente repetente
Em que ser livre era sonhar

Contra tudo
E tudo contra
Éramos felizes
Cheios do viço da nova era
Matrizes
Do porvir
Livres ao menos para correr

Jogar bola de papel amassado
Livres para sorrir
Abraçar e quebrar regras
Mesmo sob a dura lei
Dos que faziam a lei

Nos pórticos do retângulo interno
Jogávamos tênis de mesa
Com tábuas fingindo rede
E havia sede
De conhecer
Aprender
Viver

Na loja da igreja
Padre Orlando
Primo de papai
Vindo do seminário
Comprava cadernos e santinhos
Presente de quem não sabia
Mais o que dar
Dava o melhor
Me tirava da sala em aula
Raro privilégio
Para conversar

Eu mais Wilma e Teresa
Subindo ao campanário
Celebrado no imaginário
Passando na escadaria

Pelo dormitório dos padres
Flagrados antes do topo
Escapei por conta de Orlando
Ou se não foi
Nem sei
Só sei
Que passei muito medo

Colégio com seus mistérios
Religiosos e laicos
Passagens secretas perdidas
Portas e salas falsas
Como para a guerra um abrigo
O corredor da diretoria
Onde se ia como ao cadafalso
Só para receber o castigo

Colégio com seus cemitérios
De espírito e carne
A cripta debaixo do altar
Onde repousava Dom Bosco
Dentro de uma imagem em tamanho natural
Com roupas episcopais
A abrigar seu coração
E restos viscerais

Eu preferia o anfiteatro
Arte era a vida
Assistíamos ao Pequeno Príncipe
A vida de Dom Bosco

Ou qualquer outra coisa
E era bom
Porque da aula se podia escapar

Mundo fechado
Num caixote de concreto armado
Para nos isolar
O colégio era um gueto
Em zona de perigo
Entre os casarões da antiga elite
Povoados de assombrações
Passado de vidro quebrado
Sepultado na desordem e no abandono
Resto da pompa caipira
E da disciplina senhorial

Perto da rodoviária e seu entorno
As ruas não tinham dono
Só o vagabundo
Mendigo
Drogado
Assaltante
O habitante
Do submundo
Que saía à luz do dia
E tomava conta de tudo

O colégio resistia solene
À mudança e à esperança tardia

De evitar a decadência fria
Dramática e inexorável

A fila na entrada
Por ordem de tamanho
Eu era o terceiro
Depois do Evanir e do Wanderlei
Sombras humanas
No escuro da manhã invernal
Diante do padre-estátua
E seu discurso de pedra
Sobre o pedestal

A ordem é obedecer sempre
É ouvir bem
Falar ninguém
Dura postura
Para aprender a sofrer
Aprender a morrer
Como Jesus
Pendurado na cruz

Brasa dormida no coração
Perfilados para a extrema-unção
Nós filhos da indignação
Dizendo amém pensando não

Nós diante da televisão
Com o general presidente
Ou presidente general

Que não gostava de gente
Dizia preferir o cheiro de cavalo
Político da cavalaria
Que do povo fazia
Sua nova montaria
Mas governar não sabia
Cavalgava mal

Pacote econômico
Pacote econômico
Moratória
Dívida externa
Inflação
Era o que se ouvia
Na televisão

A desordem da superestrutura
Com as benesses do Estado
Por aves de rapina tomado
Acabava em pobreza mofina

A TV dava a notícia
E a gente de sofrer ria
Balança mas não cai
O macaco tá certo
Todo mundo sabia
E dizia
O Brasil assim não vai

Presidente sem cavalo
Ministro sem moral

Tudo indo mal
Princípio do final
No município
E no plano nacional

Ruía a ditadura
Ruíam os poderes
O orgulho militar
A elite gozando o seu ópio

Ruíam sonhos importantes
O artificialismo colossal
O plano de um Brasil gigante
Da integração nacional

E depois do milagre econômico
Milagre que não era milagre
Só aumentar a dívida externa
Sem ninguém saber como pagar
Sofríamos mais que o mundo inteiro
Brasil envelhecido enferrujado e doido
E feijão mesmo
No prato
Dos empregados do patrão ingrato
Era muito pouco

*

O civismo encobria
A miséria do dia a dia
Assim se devia
Cantar o hino nacional

No 7 de Setembro contemplar
Na TV a parada militar
E os dragões da independência
Meus heróis de menino
Espada sobre o ginete
Faixa vermelha como galardão
E rabo de cavalo no capacete

Um dois, feijão com arroz
Três quatro, feijão no prato
Na revolução militarizada
Aprendemos que a solução
Éramos nós

Pátria ingrata
Que o filho mata
Pátria do cidadão
Sem chance ou perdão
Faz de herói o bandido
E quanto aos insatisfeitos

Por qualquer motivo
Prendo arrebento e mato
Evaporo o corpo
Como nunca tivesse existido

Orgulho ufanista
Tropa em revista
Fuzil luzente
Farda engomada
Ordem unida
Com o slogan do Brasil
Para a frente

Mas o que a gente queria
Era votar para presidente
E da vida cada um cuidar da sua
Ganhando o pão de cada dia
Mais nada

*

Estudávamos moral e cívica
E religião para subir ao céu
O professor e o bedel
Ensinavam que a vida
É mais sal do que mel
Feita de sacrifício
De arrependimentos para o perdão
De pureza sem vício
E de obediência sem discussão

Mesmo nesse deserto
O sonho parecia certo
Universo em criação
Pela nossa mão
Classe só de meninos
Esquerdos e feios e esquisitos
Que gostávamos de fazer circuitos
Deixando no laboratório
Aquele cheiro de chumbo queimado

Amigos fazemos na idade
Em que somos todos iguais
Quando não temos verdades
E ainda somos normais

Unidos no vértice do tempo
Antes de o tempo nos empurrar
Cada qual na sua direção
Iguais no uniforme
Na formação
Na ambição
Iguais contra a corrente
A controlar a gente
A impor um padrão
Nós andando na contramão

Ainda tínhamos algo
Da pureza de infância
De brincar na rua
Andar de bicicleta
E ver televisão
Ao mesmo tempo já éramos criadores
De um futuro com outra direção
Mundo de ideias e máquinas
Levando a humanidade para adiante
Como nossa invenção

*

Na geração da liberdade
Entrou o ser humano
Em nova dimensão
Maior diapasão
Ou germinação
Do mundo que é hoje
E como será depois

A roupa a música o pensamento
Refletiam o momento
We are the champions
Gritava o Queen

Mas para nós o guru maior
Era Giorgio Moroder
Pai da música eletrônica
Som múltiplo difuso
Com a voz humana metalizada
Pelo sintetizador
Som do futuro
Falando por nós

From Here To Eternity
Concerto incorpóreo
Pulsava como o coração

De garotos bizarros
Em tempos estranhos
Protonerds de dar até dó
Criando um novo normal
No qual os números
Como as garotas
Eram uma forma ultrassensual

Música eletrônica
Embalada e misturada
Com Donna Summer
Rainha supersônica da era disco
I Feel Love
Mesmo por aqueles garotos sem jeito
Que não dançavam direito
E nas festas andavam pelos cantos
Sem coragem de crescer

Música sem instrumento
Invento para nossos ouvidos
E nossas ambições
A tecnologia criava
A energia de potência cósmica
Ignição e força impulsionadora
Dos nossos desejos

Transistor capacitor
Alto-falantes e um esquisito professor
O cérebro era um circuito
De jovens obsessivos

Porém não alienados
Rebeldes antenados
Para quem tudo era possível
Menos o amor

*

Adolescentes da neociência
Criadores de um código próprio
Abrimos retos caminhos
Para o inexistente
Uma vida inteligente
Fora de nós mesmos

A rua Santa Ifigênia
Meca da eletrônica
Balcões atulhados de peças
Maravilha movida
A eletricidade e a pilha
Dali saíam engenhos
Ficção materializada
De quem cresceu com Jornada nas Estrelas
Sonhou o incrível
E viu que a vida não é dada
É inventada
E nenhuma invenção
É impossível

Estudantes em rebelião
Escapados das aulas matinais
Imberbes magros
Uniforme do colégio de padres

Porém fora das grades
A explorar avenidas
E portas abertas
Nas horas incertas
De lugares improváveis
Mundanamente misturados
Aos bêbados putas e mendigos
Vagabundos da cidade
Império dos sentidos
Ditadura da vontade

Os cinemas da Avenida Ipiranga
De suntuosidade decadente
Serviam pornochanchadas
E clássicos da pornografia
Às nove da manhã
Vera Fischer Superfêmea
O Machão
Emanuelle
Garganta Profunda
120 Dias de Sodoma
Introdução à putaria
Ou o fim da velha calmaria
Proclamação
Da independência
Inconfidência
Liberdade antes cedo que tardia

*

Uma cerveja no bar da esquina
Um pacote de cigarros
A nudez proibida
Que se comprava escondida
Como artigo nas bancas da São João
Status Ele Ela Homem Playboy
Passadas na sala de aula
Por baixo das carteiras
E quem fosse pego com aquilo
Meu amigo
    Estava perdido

Contra as proibições
De falar sorrir amar pensar
Com seus riscos e condenações
No pequeno e grande cosmo
Replicador do sistema
Desafiar os padres era desafiar
O medo
A censura
A ordem militar
Os preconceitos as imposições

A rebeldia é motriz das revoluções
Na política e nos costumes

Alma da liberdade
Para o amor
Para o afeto
Por uma vida melhor
Tudo o que realmente importa

Confrontamos o colégio
O império sacrossanto
Os homens deuses
E o que mais fosse necessário
Nas pirâmides humanas
Pés sobre ombros e ombros nos pés
Subindo uns sobre os outros
Desafiamos até
    A gravidade

O embate com o professor maldoso
Que deu uma prova para ninguém passar
Assim ficava mais gostoso
E legítimo colar

A folha mimeografada
Roubada na secretaria
Estudada até a exaustão
A cola coletiva
Organizada na sua perfeição

Mesmo contrariado
Foi o mestre obrigado

A fazer das notas revisão
O protesto mostrou quem estava errado
Nós passamos de ano e ele não

*

Futebol no pátio cimentado
Quantas vezes os óculos quebrados
O chute a gol dado no escuro
Esfumaçado pela visão baça do míope
Pior que a do ciclope
Defeito sem conserto
Lição de resignação

Guerras de papel
Canetas queimadas com chiclete
Atiradas para grudar como estalactites
No teto de pé-direito alto
Só para irritação
Do bedel Lecy
Fiscal da boa educação

Buccia Eduardo Sérgio Maurício Evanir Edgar
Vulgo Doença Bahia Cabelinho Grilo Popô
Dumbo
Na era politicamente incorreta
Ninguém tinha dó de ninguém
E apelido maldoso era carinho

Na Maratona Cultural
A assembleia em classe

Para resolver o impasse
Da encenação teatral
Debate que selou a amizade
De colegas sem idade
E meu caminho pessoal

Decidimos recitar poesia
Ode às mulheres num jogral
Acabou pelos padres censurada
Embora a censura
Como impostura
Fosse hipocrisia
Em moralidade
Bem mais imoral

E você
Mesmo nossa adversária
Em vez de ser contrária
Apesar ou acima da rivalidade
Junto aos padres por nós intercedeu
Secreta aliada ou amiga da liberdade
Embora eu preferisse pensar
Que sua causa era somente eu

*

A estátua de seios nus
Vênus de cimento
Feita para enfeitar jardins
Entrou de kombi na escola
Recatada vestida
Num improvisado
Casaco militar

Pesada musa trasladada
Para as coxias do teatro
Lá oculta num canto ficou
Até o dia da apresentação
E diante da provável indignação
Dos padres surgiu apenas
Quando era tarde demais
Para uma interrupção

Plano insano abriu o pano
Em primeiro plano
A musa emergiu esplendorosa
Entre volutas de fumaça
Feitas com gelo-seco
Na nudez cheia de graça
Ao cantá-la em verso e não prosa
Pergunto a Deus o quanto eu peco

Mulher idealizada em seu encanto
A musa levantou um Ó de espanto
Na plateia alvoroçada
Seria a glória em outros carnavais
Vitória não só na maratona
Como da rebeldia
Da alegria mais ousada

Porém depois
Viria algo melhor
O palhaço e a encarnação
Justo do que eu não tinha
A mulher verdadeira
Não a idealizada
Sonhada e cantada em verso

Anjo, sílfide e sereia
Você – sempre você
Estátua viva
Beleza verdadeira
A dançar e cantar e alegrar
Não só aquele dia
Como todo santo dia
Da minha vida inteira

*

Não por minha ideia ser ruim
Mas desde o início você sabia
Que ganharia
Simplesmente assim
Sobrou no fim
O banco da praça
O teatro vazio
Troféu da humildade
Entregue a mim

Exausto, triste, frustrado
Até ouvir o professor
Com compaixão
A dizer que não é vã
Nenhuma luta
E que vale cada passo
Dividiu comigo a indignação
Contra o censor frio
No coração aqueceu
Meu amor à liberdade
E selou nossa ligação
Amizade na inesquecível tarde
Com um simbólico abraço

*

A censura ao texto
A proibição
Só nutriram a resistência
A subversão pela poesia
Combustão que fez a derrota
Virar glória sem vitória

Desde então
Sigo a ferro e fogo
O bom princípio
Não importa o resultado
Pois mesmo quando a batalha está perdida
(O que é parte do jogo)
O certo nunca está errado
A boa causa nunca é vencida
E já é vitória estar ao seu lado

*

O caminho das letras
Caminho das artes
É onde as lutas são ganhas
E nunca perdidas
Em belas campanhas
Que valem a vida

Arte é sempre revolução
Expressão da liberdade
Pedra filosofal
Base universal
Da civilização

No mundo das ideias
Há sempre esperança
Para os paladinos da liberdade

Nós do colégio mais velhos ficamos
Mas nunca nos separamos
Somos sempre os "irmãos"
E nos encontramos
Carinhosos e barulhentos
Sem envelhecer

A mudança que iniciamos
Ainda está em curso

Missão a completar
Fim da transformação
E dessa tarefa só sairemos
Para a eternidade

Elos para sempre
Cumprindo a profecia
De que o mundo avançaria
Com ideias e tecnologia
Arte e ciência
Criativa essência
A gestar o desconhecido
Instante brilhante
No livro da eternidade

Era preciso ainda a nação
Prometida na tradição
Ficar livre feliz desenvolvida
Achando para si uma saída
País pleno deixado
De de ser imaginação

E a hora para nós era agora
Quando a gente saía da infância
Num Brasil envelhecido
Antes mesmo de nascer

*

O povo esperava o pão da liberdade
Porque sem liberdade não há pão
Nem vida a desfrutar
Para vir a liberdade
Não era preciso guerra ou morte
Só chegar a nossa vez

A nova ordem éramos nós
Temperados na disciplina dos padres
Na desilusão da ordem e do progresso
Água limpa da fonte
Da liberdade a ponte
Luz na sombra do tempo

No passado sangrenta
Vil e fratricida
A luta reprimida
Tinha dado em nada
Porém surgia outra força
Silenciosa e branca invencível
Porque não há força maior
Que a simples vontade
O livre-arbítrio
O imbatível coração

O homem é alma
Livre por definição
Ainda que se inventem tantos sistemas
Para sua sujeição

Para o sonho não há prisão
Com esperança e imaginação
A liberdade sobrevive e triunfa
Sobre todos os erros
Que chamamos de realidade

Na escola inventávamos o futuro
Aprendendo o valor da liberdade
Esse bem que em criança eu vi
Como nosso maior patrimônio
Vocação de cada um
E de toda a humanidade

Assim a sociedade
Sem maior organização
Além da solidariedade
Encarava a opressão

O colégio era a célula
Do organismo doente
Que iríamos curar
Eu você todos nós
Brancas velas sobre o mar
Com o vento a navegar

Momento em que poderíamos
Finalmente nos encontrar
Dar as mãos e nos permitir
      Tudo

*

Tudo
Eu daria por você
Mesmo sem saber

A menina que eu amava à distância
Concorrente e rival que me ajudava
E eu nem sabia por quê

Teu sorriso de luz
Teu andar brejeiro manhoso
O colo pequeno arfante
Que eu via imaginando
As belezas ali por dentro da roupa
E hoje sei
Era mais que desejo

Pele morena de índia
Cabelo preto sedoso
Deitado nos ombros
Voz suave e rascante
Convidativa e distante
Tão perto e tão longe
Tão pura que era pecaminosa
O certo então errado

Na missa sentada
Sensual ao meu lado

E saber que depois
Tanto mundo corri enganado
Pensando que o amor
Não podia ser fácil assim
Não podia estar perto
Tinha de ser encontrado
Suado brigado

Os melhores amores
Os mais verdadeiros
Começam jovens
Ainda sem culpas ou mágoas
Nem tragédias e deturpações
Amor primitivo sincero
Amor que eu ainda quero
Sem a influência das manchas
E das mortes da vida

Amor divino
Herança de um tempo sem ambição
Até mesmo sem a pretensão
De ser amor
Amor estranho poder
Amor que guia a razão
Amor sem explicação
Amor que ainda nem era amor

Porque do amor
Eu não conhecia
O diapasão

Te amei então sem saber
Que algo acabava de nascer
Amor maior que a vida
Porque sem amor a vida
Cabe numa caixa de ossos

Amor inocente
Amor feito semente
Amor e amor somente
Amor que ninguém entende
E às vezes mente
Para a gente mesmo

*

Acreditávamos no futuro
E que podíamos tudo
No país mais livre
Seríamos livres como nunca
Acreditávamos num povo feliz
Dono do próprio nariz
No mundo em paz
E que o mundo
A gente é quem faz

Caminho sobre as águas
Flutuando sobre as mágoas
Imune às impurezas

Caminho sobre brasas
Leve como em asas
Sem conhecer tristezas

Entro na vida como em casa
Munido das prodigiosas certezas
Com que se realizam proezas

Temos tudo quando temos futuro
Tempo pela frente

Nosso único capital
Sabemos que o tempo passa
Que esgotamos esse patrimônio ao final
E é preciso aproveitar

Até que um dia chega a tarde
E chega a noite
E o maior da vida é o que já ficou
Angústia do tempo passado
Para quem nunca serenou

Nenhuma obra é o bastante
Para aplacar a inquietação
Fome de querer sempre mais

Tudo parece pouco
Pouco se torna tudo
E você vai ficando louco
No desespero mudo
De nunca alcançar
A realização

Buscamos o amor
Não como bem incidental
Ponte artificial
Buscamos o amor raiz
Primordial

Voltamos a nós mesmos
Ao estado mais sincero

De outros carnavais
Quando tínhamos
    Ainda
        O tempo

    *

Tempo
Tempo sem compromisso
Vida cheia de viço
Rostos imberbes
Desejos pueris
Desprendidos do peito
Ignorantes de nós mesmos
Andando por aí

Tempo profundo
Que no último instante do mundo
Mostra a falta que faz um segundo
Só para ver o dia raiar

Tempo de ter tempo
Objetivos
Esperanças
E amor

Ainda somos os mesmos
E os mesmos sempre seremos
Éramos jovens mas já éramos nós
Como agora somos ainda jovens
Sonhos cerúleos incompletos

Eu o mesmo eu
Menino quieto e do jeito
De quem não sabe amar direito
E via o padre te levar embora
De braço dado
Sem que algo eu pudesse ter feito
Ou declarado na hora

Eu que só conhecia o seu sorriso
Não o gosto do beijo
Sabia o seu rosto
Mas não o calor do seu colo
Via seus cabelos de índia
Mas não sentia
O perfume da sua nuca
Eu que conhecia
Sua silhueta de bailarina
Uniforme colado ao corpo
Mas não a pressão
Das suas pernas indecorosas

Eu que entendia que você tinha juízo
Mas não que tinha
Tudo de que eu preciso
Você a brincar
De brigar comigo
Minha menina terena
Que eu namorava à distância

Rival alegre e valente
Secreta aliada na concorrente
Que fingia não me dar importância

Você no coral
Sorrindo e cantando
Você no tempo sem mal
Você nada mais
Você tão você
Garota dos sonhos de todos
Ternura e encantamento
Você tomando conta de tudo
Do mundo e de todo mundo
Você sempre com uma solução
(Diferente da minha)

Você e um caminhão
Cheio de rolos de papel higiênico
Surgido na última hora
Para ganhar a gincana
Você de novo levando o troféu
Com seu palhaço na maratona
E me fazendo querer ser melhor
Só para você me ver
Você na roda de violão
Você no clube
Estirada na borda da piscina social
Bolha azul refrescante no verão

Você de biquíni toda molhada
Pele morena respingada
Arrepiada ao sol tropical

Provocação
Seios direitos e salientes
Flutuantes no peito a arfar
Suspiros impenitentes
Ao meu lado estirada
Os pés deixados dolentes
Nos quais eu roçava
Estendendo ao lado a toalha
Como quem não quer nada

Eu a contar mil histórias
Pensando só em lamber sua pele
Tirando com a língua
O orvalho dos desejos proibidos

Você e o convite para uma festa
Você e um beijo
Ousado precipitado
Ou apenas esperado
Com a ansiedade dos adolescentes
(E eu vi TV com seu pai)
Você menina morena
Minha menina terena
Que eu namorava à distância

Rival alegre e valente
Secreta aliada na concorrente
Que fingia não me dar importância

*

Encontros desencontrados
Desencantos de amor
Paixões incontroláveis
Dos meus erros eu me fiz
Sensação em movimento
Novelo do pensamento
Desvelo do coração

Com aquele beijo eu podia ter ficado
Parado para sempre num momento
Não mais o menino estilhaçado
Que temia ser rejeitado
Marginal desperdiçado
Magoado ao primeiro desamor

Eu podia ter te amado
Para sempre e me achado
Voando enamorado
Até pousar cansado
Na morada do seu colo

Porém por ignorância ou medo
Nesse tempo eu te deixei sozinha
Descrente de que você era minha
Ou só porque era cedo

Acabou a escola
Segui a vida
Convencido e contente
Na certeza da juventude
Sem saber que ela estava
Mais atrás que na frente

Eu te deixei
Como as tantas vidas que inventei
Caminho e descaminho
E o que restou de tantas jornadas
Começadas e terminadas
Não são só tempos vividos
Obras realizadas
Mas sempre a mesma essência
Espírito presente e continuado
Onde estão nossas verdades

Meses anos passados
Eu no tempo exilado
Distraído com sonhos ou ilusões
Dependendo do resultado
Tinha você de alguma forma
Justo por não estar ao meu lado
Ficando no meu coração ao abrigo
Você sempre tão comigo
Parecia que de você eu não precisava
(Quanto engano)

Perdemos a primeira oportunidade
De sermos nós mesmos

Por inocência
Por ignorância
E não adianta chorar
O tempo desperdiçado
Hoje é fácil reviver e repensar
Mas na sede do momento há muita pressa
Não percebemos o que interessa
E depois vem a saudade
Da ocasião pela metade
Que não se pode consertar

*

Mesmo que você me odiasse
Pelo resto da vida
Eu teria uma palavra de amor

Mesmo que você me odiasse
Por mais vinte segundos
Achando que estraguei sua vida
(Estraguei mais a minha)
Eu teria ainda um sorriso

Mesmo que você me odiasse para sempre
Você seria meu amor adolescente
De encontros e desencontros de romance antigo

Minha heroína de filme preto e branco
Que vi menina adolescente mulher
Amor de todos os tempos e idades

Mesmo que você me odiasse de verdade
Para mim seria falso
Mesmo que você me mandasse para o inferno
Seria perto

Mesmo que você me proibisse
De sequer pensar em você

Eu seria o mesmo menino rebelde
Que foi para bem longe
E nunca foi para lugar algum

*

Penso em nós e em tudo
O que não é reto e certo
Labirintos do ser
Dimensões desarrumadas
Violência contra nós mesmos
Distantes
Paralelos
Alienados
Encontros que não são encontros
São encruzilhadas

A realidade é simples
Só não a reconhecemos
É feita de momentos palpáveis
Temos mas não vemos o momento
Do nascimento da felicidade
Começo do restante de nossas vidas
Quando sonhamos tão mais
Sem perceber do futuro
        A simplicidade

A distração se explica
Por tanto a fazer
No mundo em transformação
A nossa hora

Tudo pela frente
O tempo em ebulição
Ruindo ao nosso redor
Falência das estruturas arcaicas
Mundo em vendaval
A me levar para longe
Pelo bem e pelo mal

Tragada no turbilhão da vida
A essência é esquecida
Mudamos para conhecer
Experimentar
Viver
Imperiosa necessidade

Em todo o mundo tombavam
Ditaduras e ideias embalsamadas
Enganos ledos
Mentiras deslavadas
Patéticas farsas

Autoritarismo não é autoridade
Não se respeita o desumano
Nem há legitimidade
Ninguém controla a sociedade
Pela opressão eternamente

Todo autoritarismo acaba em liberdade
Porque mesmo quando funciona

Se pede por liberdade
Para bem desfrutar do progresso

Sem liberdade mesmo o rico não tem nada
Sem liberdade a criança cresce revoltada
Sem liberdade a alma não floresce
É natureza contrariada

No Brasil nação destinada
A cumprir grandes profecias
Proferidas desde sua colonização
Quando aqui se viram tantas dádivas
Dadas ao homem pela natureza
Vislumbre da riqueza
De uma terra parideira
Da qual se esperava tudo
E se tirava tudo
Paraíso da conspicuidade
Faltou por força da exploração
Selvagem e danosa
A liberdade

Nossa gente é nascida na fartura
Tem a beleza como herança natural
A felicidade é brasileira
Sincera como o amor no coração
E a esperança no olhar

A luz deste lugar
De praias resplandecentes

Energia transformadora
Areia sob os pés
Onde já pisou tanta gente
Esperava ser presente
Realização
Cumprimento das promessas
Não para uma próxima geração
E sim para nós mesmos

Essa era a tarefa
Essa a missão
Maior que nós
E nos faz seguir em frente
Como o rio vai para a foz

Há tempos na vida
Que definem a gente
Para todo o sempre
E isso é o diferente
Mesmo quando a saída
O ponto de partida
É ao mesmo tempo
O começo e o final

III.

Não acabou o amor adolescente
Somente foi esquecido
Era permanente
Mas ficou adormecido

Em vez dele brotou a semente
Do adulto descontente
Que viveu com toda gente
Sem nunca ter vivido

Na baderna irreverente
Em que a gente se divertia
Começava um outro dia
A era da tecnologia
Troca do ser humano
Avanço ou algum engano
Por máquinas melhores

O homem reinventa o homem
Aperfeiçoa e elimina o homem

Num sistema mais limpo
Economiza o trabalho
Sem lembrar que o trabalho
É ganha-páo e dignidade

O projeto de melhorar tudo
Foi saindo com alguns defeitos
Claro que ninguém sabia
Mas a gente fazia ouvidos moucos
Aos profetas do apocalipse
E criava sem saber o quanto
Um mundo para poucos

Entre a tecnologia
Números e circuitos
E as ideias
Fiquei com as ideias
Princípio das grandes mudanças
Ronin das letras
Arte a correr nas veias
E escrever
Era tudo o que eu queria

Escrever é o melhor caminho
Daqueles que querem sempre mais
Mesmo quando nem sabem o que querem
Mas querem o que não sabem
E fazem ideias e desejos reais

Escrever é exercitar
O ofício do pensamento

Busca de conhecimento
Entendimento
Para influenciar a realidade
E ser alguém
Difícil de apagar

Nas ciências sociais
Tive o aprendizado de pensar
Depois no jornalismo
O meio de dar a informação
E na literatura me expressar

Pensar e escrever
Escrever e pensar
Escudo e espada
Para a luta desarmada
Embate pacífico
Baseado na verdade
Filtro que depura tudo
Arma da igualdade
Da expressão livre
Da liberdade
E suas infinitas
        Possibilidades

*

Para chegar ao *campus* da USP
Eu andava no Vila Nilo
Mais longa linha da cidade
Quase uma viagem
Que eu fazia como lixeiro
Pendurado pelo lado de fora
Do ônibus lotado
No final apenas saltava
E assim não pagava
A passagem

Frescos ares
Novos lugares
De independência extraordinária
Para quem entrava na faculdade
Sair do colégio de padres
Era como da penitenciária

Na universidade
Havia liberdade
Liberdade de falar o que se pensava
De fazer prova com o livro na mão
Em qualquer lugar
Todo o gramado do *campus* para deitar
Fazer hora

Namorar
Estudar a semiologia do amor

O almoço no bandejão do CRUSP
Na reitoria o protesto e a ocupação
Olho a olho com homens armados
Separada a multidão
Da polícia por um vidro
Truculência imóvel
A um milímetro parada
Pronta para a ação

Diante da polícia perfilada
Era coragem não fazer nada
Sustentar o olhar
Cabeça erguida
A história ia mudar
Águias a voar
Pés no chão a caminhar
Juntos no querer
A nossa munição

Luta cívica de dia
E à noite festa
Até o sol raiar
A paixão com a luz desperta
Tempo de descoberta
Tempo de a vida começar

*

Na universidade
Feita para abrir a mente
Descortinava-se o cenário
Atrasado enguiçado indigente
Do país do mundo em desintegração
A pedir outra solução
Uma injeção de vitalidade
Outras cabeças
Outro coração
Renascimento
Ou regeneração

Acabava a repressão
A antiga ordem do dia
Acabava o conflito armado
Tanto quanto a passividade da maioria
Acabava a alienação
Começava
A simples libertação

Violência é a mãe da violência
Não é assim que se acaba
Com a opressão
Uma ditadura desaba
Pelos seus próprios enganos

A eternidade do ferro é ilusão
Enferrujado o ferro
Esparrama pelo chão

Deter a vontade do povo
É luta viciosa e inglória
Pois ele toma o poder de novo
E só lhe basta querer
Do povo é sempre a vitória

Nossa sede de mudança
Não era ideologia
Só vontade de paz
Progresso e felicidade
A subversão pela insatisfação
Vontade maciça
Impossível de deter

A opressão
Não assusta a miséria
A fome tira o medo
O povo clama e proclama
Outra vez a liberdade
A qualquer preço

Liberdade se exigia
Para a mudança
Diante da pobreza
Do desemprego

Do preço da gasolina e do pão
A agonia da inflação

Liberdade
Contra a trevosa inquisição
O regime de batalhão
A exaustão com as iniquidades cotidianas
Os abusos de poder
A humilhar o cidadão

Só a liberdade
Um novo modo de ser e fazer
Podia nos tirar da inércia
Ignição da vida e da história
Outros jeitos outros modos
Floresciam ao alvorecer
A arma não era metal e pólvora
Era o povo na rua
A alegria a energia da juventude
As grandes certezas
De que estávamos cheios

O futuro era brilhante e inevitável
Big bang da existência inocente
Convencida e convincente
De um mundo inteiramente novo

A esperança achava sua ocasião
Oportunidade de uma geração
Raio do sol sobre a repressão

Fim da noite
Início do dia
Da jornada
Estava apontada
A direção

Tempo de alegria
Tempo de despertar
Tempo de andança
De idealismo
De dedicação
À construção
De uma civilização
      Definitiva

*

Naquela janela de tempo
O sonho sonhado
Podia ser realizado
Levantava-se a multidão
Para em paz construir
Uma história nacional
Feita de mais igualdade

Não era só promessa
Era mudar a realidade
Só o que interessa
E o povo tinha pressa

Novos tempos novas soluções
Abaixo as antigas cantilenas
Das guerras e revoluções
Lutas fratricidas
Feitas pelos homens sem amor
Trágica matança
Acabada sempre sem vencedor

O povo sofrido
Exaurido por tanto lutar
Levantou outra lança
Guerra sem morte

De uma nação lembrada que é forte
E capaz de tomar em paz
O chicote do capataz

Quando a justiça se alça
E a liberdade prevalece
Luz sobre a obscuridade
Devolve ao homem a propriedade
De decidir o que é melhor

Extinguir a arbitrariedade
A ditadura e os desmandos
Privilégio de poucos
Fonte do atraso

Rompemos mecanismos inertes
E suas monstruosidades solertes
Pusemos o país pelo avesso
Não pelo acaso
Mas de caso pensado
E era só o começo

Escancarar porões
Exumar mortos atirados à terra e ao mar
Mães e pais e filhos sumidos no vento
Ver ressurgir do país maltratado
Pela própria brutalidade
Um sopro de humanidade

Inventamos o sonho que dá certo
Não vingança

Sim a visão do futuro em paz
Vitória da irmandade cívica
Amarelo azul-anil
Sobre o verde primitivo
Manchado de sangue
Chamado Brasil

*

Num domingo de sol
Todos se deram as mãos
São Paulo era o povo brasileiro
E o brasileiro foi para a rua
Acabar com a ditadura

Iluminou uma era obscura
Removeu obstáculos
Para o gigante despertado

Ao inferno a gradual transição
Prometida pelos generais de plantão
Na qual a democracia se esperava em vão
Promessas rasgadas
Na vida enganada

O Brasil rugiu
E saiu
Da escuridão

*

Ecoou de São Paulo
O brado por novos tempos
A sepultar a miséria
Os governos inglórios
Enquanto os donos do poder
Se escondiam nos gabinetes
Com medo da própria sombra

O mundo era um só país
E o Brasil foi o mundo
Levantado em legítima defesa
Sob o manto da dignidade
Toda gente saiu de repente
Na rua a cantar
Canções de liberdade
E em uníssono pedia
Como alforria
Por eleições: Diretas Já

Catracas do metrô
Abertas de graça
Por Montoro governador-professor
Traziam para pública praça
Gente vinda de todo lugar

No Vale do Anhangabaú
Não havia espaço aberto
Pedaço de gramado
Asfalto
Banco de praça
Tudo tomado
Pela humana massa

Multidão como um corpo só
Espraiada espremendo os prédios
Organismo semovente pulsante
Clamor de pacíficos guerreiros
Derrubando o mito
Do país incapaz
De governar
O próprio destino

Brasil enfim Brasil
Brasil que ninguém viu
Voando ao vento
Maremoto em dia claro
Invisível tufão
Enxurrada de verão
Lavando o chão

O céu se abriu
Dois milhões de almas unidas
Foram vulcão da liberdade
Anunciação

Não do futuro
Mas da brasilidade

No palanque perfilados
Políticos artistas exilados repatriados
E gente que nunca se viu antes
Todos tão importantes

E subiu o brado do vale urbano
Reboou na nave das catedrais
Na profundeza das matas
Nos mares abissais
Na ruela na avenida
Na favela esquecida

Dia para a memória
Dia para a história
Dia que faz
Valer toda a vida

*

Depois de três décadas
De sofrimento
Na ditadura inconsequente
Uniram-se os braços
Não pela primeira
Mas uma vez verdadeira

No oceano da multidão
Em mutirão
Cada cidadão
Foi sua própria estátua
Em praça pública

O maior herói
É o herói anônimo
Tirado da vida comum
Num momento maior
Na cabeça um desejo
No coração o amor
Na alma uma necessidade

Temos pátria outra vez
Temos outra vez união
Filhos da mesma paixão
Com orgulho e altivez

Desfeitas as tribos rivais
Aos senhores vencidos
Mostramos poder muito mais
O povo na sua sabedoria
Ou na precisão
Sem revolta mudou o Brasil
Fez a sua mais bela revolução

*

Claro que o dono do poder
Não gosta de obedecer
Ceder tão fácil
Ao desejo popular

O aproveitador
Vende caro o seu lugar
Resistência na trincheira
Mesmo indefensável
Porque a natureza das ditaduras
É resistir
Mesmo ao ruir
Na própria podridão

Ainda assim era possível
Completar com honra
A obra de quem lutou
E pagou com a vida
Para civilizar esta terra inóspita
Desde os tempos primitivos
Porto seguro não de caravelas
Mas de nossos pais
E de nossos filhos

Depois da passeata flamante
Seguiram-se tantas mais

Em outras cidades e nas capitais
O futuro estava ao nosso alcance
Sonhos amadurecidos
Perspectivas que se abriam
Pela via da cidadania

Liberdade era poder
Fazer e estar
Em qualquer lugar
E mudar
E querer mais

*

Nas Ciências Sociais
Escola de pensar
E aplicar os ideais
Aula não era só ouvir
Era debater
Estudar não era aprender
Era participar
Governo não era para mandar
Mas obedecer
Organizar
O sistema não era para oprimir
Mas colaborar
Um país não era para explorar
Extorquir
Mas fazer prosperar

Alma recém-nascida
Ou ressuscitada
Da inconfidência que nunca houve
Ou chegou atrasada
Iluminismo tardio
Sobre o obscurantismo
Dominante no trópico
Só aí nasceu o Brasil
Projeto cujo dono

Andou disperso desde sua formação
Terra que nunca foi nação
Ingrata com a população
Ao saque destinada
A uns dar a riqueza
E à grande maioria
Dar quase nada

*

Na aparente calmaria
Da cidadania
Sem barreira
Sem impossível
Fez-se ouvir no alvorar do dia
A clarineta da felicidade

Somos muitos somos fortes
Somos quem acreditarmos
Nunca fomos tão unidos
De nossas mazelas já remidos
Iguais na diversidade

Somos fortes somos belos
Na nossa complexidade
Do passado emergidos
Depois de estar vencidos
Voltamos vitoriosos

Contra os agentes da miséria
Professores da ignorância
A grande praça que foi pelouro
Ganhou outro significado
Ganhou mais importância

Nasceu ali o país de todos nós
Um país de rouca voz
Feito de liberdade igualdade justiça
Paz e tranquilidade
Irmandade fraternal
De um progresso humano
País de entendimento
Concretizada afinal
A promessa de si mesmo

*

Brasil que sempre espero
Brasil como te quero
Brasil nosso alimento
Brasil que eu invento

Nação entre nações
Meu outro amor de juventude
Amado na amplitude
Do tamanho que tu tens

Brasil de esperança
Brasil do abraço amigo
Do riso fácil e do gesto próximo
Brasil que não olha o umbigo
Brasil solar no equinócio

Brasil camaleão
Brasil da riqueza natural
Cujo herói nacional
Não tem nome nem sobrenome
É o cidadão anônimo
Dobrando a esquina

Brasil do trabalhador braçal
Marinheiro do verde-claro mar

Barqueiro dos rios da abundância
Brasil do homem primal
Temente de coisa nenhuma
Coberto de mil crenças
Todas verdadeiras
Homem sem bandeira
Exceto a brasileira

*

Todo o planeta se insurgia
Com gritos de liberdade
Ventos soprados
Portões escancarados
Sem mais muralhas
Nem arames farpados

Do passado de guerra
Vem o exemplo de sangue suor e lágrimas
Barro do qual saiu o tijolo
Da era contemporânea
Emergente do fundo do inferno
Para uma sociedade livre e mais justa
Pilar do mundo moderno

Um homem sozinho
Para a coluna de tanques
Com quem cruzou no caminho
Da Praça Celestial
Na bravura do homem comum
Herói por acaso
Herói sem pensar
Colocado pelo destino
Naquele instante e lugar

Expõe-se o absurdo
Do poder bestial

Um homem também sozinho
Sai da prisão de Victor Verster
Símbolo da resistência
Contra o ódio racial
Instituição apodrecida
Do passado da escravidão
Da cadeia sul-africana
Acaba no palácio em Pretória
Os homens irmana
E muda a história
Rumo à igualdade universal

Um homem sozinho é todos
Porque a liberdade
Pertence a todos
E a cada um
Por princípio a humanidade
Não deixa ninguém para trás
Não importa raça credo ou cor
Todo ser humano é livre
E precisa de amor
Se abandonamos a um
Ninguém mais acreditará
   No todo

A liberdade é para grandes e pequenos momentos
Não é feita de vistosos manifestos

Das heroicas bravuras
Mas dos pequenos gestos
Liberdade não é ir para a lua
É andar na rua sem medo
E para a liberdade nunca é tarde
Muito menos cedo

*

Do Ocidente ao Oriente
Caíram barreiras
Físicas e mentais
Avançou a humanidade
A invisíveis territórios
Acostumada desde os primórdios
À segregação

A liberdade foi conquistada
Para o homem comum
Como antes jamais
Belo tempo de bela gente
Gente do seu tempo
À altura do tempo
Levantada contra a miséria
A injustiça arbitrariedade opressão
Das mortes matadas
Sem piedade e razão

Homens inventados
Pela necessidade
Ou a vontade
Nossa vontade
De refazer a história
Mudar a sua direção

Ulysses brasileiro
À frente da luta
Liderava o caminho
Para uma nova Constituição
E um futuro mais são
Aquele que foi resistência
Contra a truculência
Fez também em paz a transição
Para a liberdade
O estado de direito
A igualdade
A civilidade
A nossa reconstrução

A nação perdida por ela mesma
Em meio a tanta riqueza
E certeza da sua grandeza
Acomodada na preguiça
Enforcada na própria cobiça
Herdeira da selvageria colonialista
Mudava de uma vez para sempre

O turbilhão nos levaria longe
Tiraria nossos pés do chão
Tantos erros ainda havia
E ainda há por consertar
Mas era o que a gente queria
E tinha de acreditar

*

Era muito diferente
Viver num país e num mundo
Que a gente mesmo ia fazer
E o futuro era presente
Sonho apenas começando a acontecer

À espera do sol nascente
O povo brasileiro
Não cabia de contente
Mas o homem que prometia
Esse futuro de alegria
Em que o novo começaria
Foi internado bem no dia
Em que tomaria posse

Cruzes velas candeias
A esperança corria nas veias
Romarias diante do hospital
Noites em claro
À espera de notícia
Algum bom sinal

A salvação de Tancredo
Santo condutor do caminho
Aberto pelo brasileiro

Com a bandeira da paz
Era a salvação de todos nós

Mineiro na esperteza
Mineiro na fala mansa
No gesto suave
De gente que pouco diz
Mas muito bem faz

Presidente indiretamente eleito
Mas pleno de apoio popular
Subitamente interrompido
Por um golpe concebido
Pelo destino mais cruel
Ou algum ente divino
Que nada faz direito
Põe lua em sol a pino
O inferno onde era céu
Ou o purgatório a atrapalhar

O calvário até a morte
Pesaroso aviso de que nada
Nada é fácil na vida da gente
Assim como na trajetória de um país
Deixou tudo por um triz

No Brasil de então
Nação moribunda
Tão perto da morte

Com mais uma ferida funda
Faltava até sorte

A festa cívica
Que virou enterro
Histórico erro
Foi também consciência
De que faltava muito
E era preciso resiliência
Para continuar

*

Anunciaram-se anos de espera
Até que a nossa terra
Pudesse afinal se levantar
Virar povo sem tutela
Senhor de si mesmo
Cabeça erguida
Em vez da gente
De tão boa vontade
Mas tão sofrida
E cansada de esperar
          O que nunca vem

Assim por acidente começou mal
A caminhada pela liberdade
Por mais paz e igualdade
Democracia com justiça social

Desenho de um país
Onde a liberdade de um é de todos
E só o progresso individual
Faz uma nação orgulhosa
Capaz de cumprir
          Seus sonhos de grandeza

Fim do país nunca cordial
Nascido vermelho
De pau cor de brasa

E sangue de expatriados
Dentro da própria pátria
Marginalizados
Órfãos desde o berço

Terra dos índios massacrados
Dos negros escravizados
Dos trabalhadores servis
E da elite profana
Aristocrática fraude
De um país que se ufana
Das próprias mazelas
Donos de terra e posses
A viver pela defesa
De tristes interesses
Que não servem nem a eles
Porque ninguém é grande
Nem planta o progresso
Amesquinhando a nação

Como se pode ser rico
Em meio à miséria
Como se pode ser livre
Quando há servidão
Como se pode ter paz
No meio da guerra
Com se pode ser gente
Quanto ainda tem gente
A quem falta o pão

*

A grande missão de um povo
É cuidar da criança
A grande riqueza
Razão dos nossos sonhos
Alegria de viver
Continuidade
Fonte de energia
Para a qual não há limite
Nem sacrifício o bastante

Nosso desafio é fazer o presente
Olhando à frente
Necessidade urgente
De ontem hoje amanhã

O Brasil com a história na mão
Seguiu com o mundo
Onde caíam os muros
E se removia o entulho
Dos regimes mais duros
O povo na rua
Queria de novo
Fartura e o fim da amargura
Alimento das almas

E em uníssona voz
O Brasil reunido
Do passado remido
Éramos nós

*

Findava a faculdade
Começava o trabalho
Abertura da mente
Em jornalismo
Ainda mais

A busca da notícia
Leva a toda parte
A toda gente
Ministro
Presidente
Mendigo
Herói
Bandido
O povo sofrido
O rico voraz

O estágio na TV
Mundo mágico
Onde acontecia de tudo

Cirurgia espírita
Onde o cirurgião
Extraía tumor com a mão
Acreditem ou não

O radiestesista
Achando água com a varinha entortada
Um avião que fazia chover
Pulverizando nuvens – duro de crer

Com uma gravata emprestada
No camarim de uma novela
Entrevistei o meteorologista
Que explicava a seca e o céu

E aprendi que para jornalista
Até a tragédia é bela
Quando a notícia
É algo de seu

*

Colocar a fita de vídeo na máquina
No último segundo
Para o resumo do dia entrar no ar
Eletrizante momento
Correr contra o tempo
Era viver

Mas o que eu queria
Estava em outro lugar
Vocação ou teimosia
Salvação ou aleivosia
O que eu queria mesmo
Era escrever

*

Tanto sonho e reviravolta
Tanta ida sem volta
Tanta concentração
No trabalho e ocupação
Que você caiu no esquecimento
Era outro meu momento
De descobertas acertos
Entre outros tantos desacertos
Tantos que nem se contam mais

Aprendiz do tempo
Ou do que só o tempo pode dar
Porque a vida está dentro da gente
Não se busca em outro alguém
Nem é questão de companhia
               Ou lugar

Pelo destino fui levado
Ao certo ou errado
Não importa afinal
Eu só sabia estar perto
Do que queria e aberto
Ao que viria
E assim fui trabalhar
            Num jornal

*

Parem as máquinas
Era a essência da profissão
Parem as máquinas
Rotativas girando
Fazendo trepidar o chão

Parem as máquinas
Parem a pulsação
Eu maravilhado
Entre centenas de jornalistas
A matraquear as Olivetti
Um andar acima da gráfica
Sacudindo o ar
E o coração

Parem as máquinas para a mudança
A notícia de última hora
O próximo furo
O novo futuro
Adrenalina correndo nas veias
Juventude na plenitude

Cessa tudo o que a antiga musa canta
Parem as máquinas
Diria agora Camões

*

Exclusivo
Manchete
Primeira página
Primeira página
Competição com os melhores
Comigo mesmo competição
Obsessão com a verdade
A verdade como pão
E a cada dia
Revirar o mundo

Escrevendo se criam pontes
Escrevendo se plantam sementes
Escrever é abraçar
Corações e mentes
Influir
Revolucionar

Escrever é navegar
Por mares nunca dantes imaginados
Até terras bem reais
E acontecia tudo de repente
Pela necessidade premente
De mudar

Inverno antes da primavera
Na luta contra a quimera
O entulho autoritário
Da velha ditadura
Esbulho do poder
Totem do burocratismo histórico
Do nacionalismo obscurantista
Da má vontade
Da corrupção
Fontes da inflação
Mal insidioso perverso
Enfiado nas rotinas e crenças
Resultado da ineficiência
Dos anos de má formação

Sem Tancredo nem esperança
Rumo ou governança
Aguardava-se a democracia
Não só como esperança
Mas como catarse
Milagre
Salvação

*

A faina da imprensa
Refletia o país a raiar
A notícia se respirava
Sorvida com sofreguidão
Inebriante anunciação
Do que estava por vir

Todos éramos soldados
Da pátria carente
Prazeres esquecidos
Em busca de uma missão
E tudo o mais era futilidade

Parar as máquinas
Era a essência da profissão
Essência da vida
Quando a vida ainda mandava
Mais que a máquina

Entre medalhões da imprensa
Ainda sem publicar nada de meu
Eu sonhava ser mais um deles

Copidescava texto
Penteava telex

Botava vírgula e acento
Em tripas de papel
Telegramas cuspidos da máquina
Sem pontuação

Era uma vida ingrata
À espera de espaço
Para crescer e escrever
Escrever e crescer
Até que me deram
Um pé de página
Uma pequena seção
De nome Conjuntura
Que ninguém lia
Só (eu sabia)
O diretor da redação

Esperava minha oportunidade
De um dia fazer
A manchete do dia
Sonhava ser Lázaro
Repórter de nacional
E batendo a máquina com fúria
Poder dizer
Vejam vocês
Parem as máquinas
É a minha vez

Papel colado ao papel
A matéria diagramada

Enrolada enfiada
Disparada num tubo de PVC
Mergulhava para o mundo
Quando a imprensa
Ainda impressa
Era mais que tinta e papel
Na luta contra a iniquidade
Ronins da verdade
Éramos guerreiros da democracia
Única senhora a servir

*

Tanta vontade
E certezas incertas
De jovem aprendiz
Querendo ser tão perfeito
Nada sabendo direito
Mas dono do próprio nariz

Enfim saí para a rua
No paletó roto e barato
Gravata de crochê
E mocassim por sapato

Eu ainda ou sempre menino
Meio franzino
No meio dos lobos
Velhos vorazes
Bem mais capazes

Eu na entrevista
Um café para a imprensa
A barreira da timidez
Ter notícia
Chegar na frente
Era enfrentar gente importante
Difícil de encarar

Voltava de noite vindo da rua
Para afinal sentar e escrever
E depois do expediente
Descer ao Mutamba
Encontrar no velho bar
Os experientes e sábios
Contando histórias de imprensa
E do saber fazer

Escrever escrever escrever
E ver o nome impresso em jornal
Eu existia afinal
E no dia seguinte de novo
Escrever
Que jornal velho só servia
Para embrulhar o esquecimento

A redação da Gazeta
No edifício do antigo Estadão
No qual meu pai já trabalhara
Era o coração da cidade
Centro nervoso da informação
Que movia os negócios
Que moviam a nação
Eu andava na rua
Investido da minha missão
Agora também jornalista
E não mais a criança
Que meu pai levava
Puxando pela mão

No país ressuscitado
A notícia era vírus e vício
O evento bombástico
Dava sede e prazer
Eu agora tinha poder
Impetrado pela força do fato
Um deus acima de tudo
Mas quem trazia o fato era eu
E assim o mundo
      Era meu

*

Fomos então todos cruzados
Contra a fome
E a hiperinflação
Que comia a comida
Da mesa inteira
E fazia o salário
Virar poeira

Cruzados do Plano Cruzado
Que de plano só tinha o nome
Insano e desastrado
Quixote contra o moinho
São Jorge contra o dragão
O preço congelado
Pura fantasia
Foi desmanchada na azia
Da decepção
Quando o controle derrete
E some o que se promete
Ao povo como esperança
Todo o sonho desaba e reverte
Vira revolta e vingança
Fúria da desilusão

Brasileiros quebravam portas e vidros
Invadiam supermercados em nome da lei

Atacavam "remarcadores" de preços
Dando-lhes voz de prisão

Num reino onde a violência é o rei
Onde a ignorância impera
E a fome faz do homem a fera
Não há mais lugar para a razão
O Brasil andava de lado
O norte estava errado
E precisava de correção

*

Um manto azul estrelado cobre a nossa terra
Salada da chuva de lágrimas
Desmanchada inocência para sempre
Pela brava gente em cujo peito se encerra
Não condecorações nem a bala do inimigo
Mas o esquecimento do que somos

Paradigma da promessa rediviva
De paraíso na terra
Onde o honesto
É o bandido
A lei é de quem
A detém
E a esperança é muita
Pela falta de realização

Esse é o inferno real
Onde o homem esquecido
No deserto anda perdido
E nada vê
Além da própria miséria

Tolos são aqueles
Refugiados na ilha de si mesmos
Sem olhar ao redor o humano mar

Onde a pobreza tira a dignidade
A acreditar
    Em fartura

No mundo da sinecura
Cujos donos no trono
Estão sentados
O pobre come terra
E cospe suas entranhas
Na voz rouca do vazio
Quando o desespero bate
Na casa sem porta
A nação está morta
Ou é viva assombração

Depois dos duros anos
De tanta labuta
Chegou enfim a hora
Em que se acabam os planos
Atrasados a vida inteira
E os grandes homens
Precisam se levantar
Saindo do compasso de espera
Fim da tolerância de quem só aguarda
O dia chegar

Ulysses dos Guimarães
Líder da resistência
Depois da mudança
Cavaleiro de outra esperança

Calejado da experiência
Razão e coração
Foi o guia da nação
Com uma nova Constituição

Carta cidadã
Para colocar o novo no lugar do velho
Fundamento da inédita civilização
Nascida contra o erro
Monumental enterro
De tudo o que não queríamos
Estrela d'alva
Do resto de nossas vidas

Constituição irmã
Aliança de fraternidade
Entre nós e quem vinha depois
Aqueles que se levantaram
Pelas Diretas Já
Juntos estavam de novo lá
A escrever o texto materializador
Do que somos e queremos ser

Não mais o país selvagem e ingrato
Do capitão do mato
Do senhor de engenho
Do político rato
Do governante subalterno
Do interesse escuso e oculto
Do pequeno roubo

Do grande roubo
Da vil negação
Da nossa índole generosa

Não o país da falta de educação
Da desigualdade
Da falta de oportunidade
Verdadeira riqueza que há

Sem o povo educado
Não há trabalhador
Nem cidadão
Não há Brasil
Então se entendeu
Que o Brasil não é o seu chão
É o povo fazedor de uma nação
E assim se fez do Brasil
A real fundação

*

Já bem mostrou Portugal
Que um país pequeno
Pelo saber torna-se grande
E sem educação um país grande
Pode ficar pequeno

O Brasil foi só quintal
Do senhorio colonial
Braços morenos
A trabalhar para a riqueza
Fartura que se expande
E engole a si mesma

Para o povo pouco se dava
Como recompensa pelo suor do trabalho
A mover o engenho febril
Aquilo que foi do mundo
A primeira indústria serial
Milagre do capital
A fazer do Brasil a vanguarda
E depois nunca mais

Amarrado a antigos vícios
Justiça que tarda
Tendo a cobiça

Por eminência parda
O Brasil ficou para trás

Todo poder emana do povo
A ele será conferido
E esse comando se impunha de novo
Num organismo que jazia ferido
Tão corrompido
Que o desastre
      Chegava a ser merecido

Fim da lei do ladrão
Lei do bandido
Da lei do mais forte
E do espertalhão

Fim do cidadão
Entregue à própria sorte
Fazedor do pão
E na sua distribuição
Sempre o primeiro
A ser esquecido

Na terra onde há fartura para todos
Saímos do trilho
E voltamos ao trilho
Não por sabedoria
E sim por necessidade
Repondo o país de sonho

Com a mágica sem mágicas
      Da liberdade

A geração da liberdade
É síntese de todos os tempos
Sem ilusões revanches ressentimentos
Deixou atrás as ditaduras do passado
A injustiça e a opressão
Em favor da vida

Liberdade como fonte do progresso
Pulsante flamante afirmação
Da nossa identidade
Liberdade como fonte da igualdade
Da fraternidade tolerância conciliação

Liberdade como grandeza
Realização do país enfim
À altura da nossa riqueza
Expressão da nossa natureza
Que não está na mata
      No rio no céu no mar
Está na gente que trabalha
E fecundou esta terra
Fundada por desterrados

Sol nascente no ocidente
Brasil que escolheu ser Brasil
E não outro país qualquer
Brasil que só tem aqui

País do sabiá e do bem-te-vi
Terra que escolhi
Berço para sempre
Dos que te amam

*

Não é simples fazer o evidente
Depois de muito sofrimento
É o desespero que move a gente
Porque nenhum errado deu certo

Para chegar a este momento
Passou tanta gente consciente
Bonifácio
Tiradentes
Patrocínio
Ilustres antepassados
Do Iluminismo brasileiro

Porém o país que emergiu
Da Constituição democrática
Não era mais uma utopia
E sim realização
Foi ainda um tempo duro
Mas era o caminho seguro
Para a restauração
        Da alegria

1988
Proclamação
Da verdadeira república

Sem militares
Nem segunda intenção
Estandarte da nação
Tremulando à luz do sol

Brasil de poucas palavras
E plena identificação
Estado de direito contra o livre-arbítrio
Sem racismo ou preconceito
Orgulho devolvido ao peito
Faltava ainda uma coisa
Uma coisa só
Apoteose da luta
Etapa maior daquela construção
A grande
    Eleição
Esperada havia tanto tempo
E finalmente vislumbrada

IV.

A noite passa no leito do rio morto
Serpente coleante de líquido lixo
Fluxo de químicos fantasmas
Exalando seus miasmas
Humanos e inumanos

Antiga via bandeirante
Agora espesso esgoto itinerante
Amarelecido à baça luz artificial
Cloaca do corpo e espírito
Do país chamado São Paulo

Lama visceral
Transbordada nas chuvas de verão
E nós náufragos da cidade
Ilhados na marginal
Procurávamos passagem
Pela lagoa pestilenta
E o engarrafamento monstro
Para sair e chegar

Otaviano Alves de Lima 4.400
No sétimo andar se perfilavam
As máquinas de escrever
Notícia e mensagem
Após o esforço de reportagem
Materializado nas rotativas
Do prédio da gráfica ao lado
Revista ou retrato do instante
A empurrar a história adiante

Abnegado trabalho
De transformar um país
Ver o que ia além
Do jornal e da TV
Ver o que ninguém mais vê

Reunião de pauta
Segunda-feira 11 horas
A planejar a batalha semanal
A cada etapa vencida
Mas sem jamais um final

Trabalhar
Dia e noite
Trabalhar
Até raiar o dia
Trabalhar
Até raiar o mundo
Até caírem os pesadelos
De tijolo e das ideologias

Há beleza no estoicismo
Na faina obstinada
Dobrando o dia
Virando a noite
Esforço madrugada adentro
Vencendo o cansaço
Em busca de transmitir
A notícia reveladora
A verdade por trás da aparência

O talento a serviço do dever
De escrever a história
Da forma mais perfeita
Com a palavra escorreita
A oração mais direta
O título
O impacto
E a solução

Para enganar a fome
Um sanduíche no Bacaninha
Lanchonete no fundo da redação
Rápida distração
Porque não há espaço sequer
Para respirar

Pela janela da sala envidraçada
Luzes da cidade e mais nada
O mundo saía de dentro de mim
Martelado a dedo com tinta no papel

E quando chegou o tosco computador
Que precisava ficar a 17 graus
Refrigerado pelo ar-condicionado
Dava saudade do calor

Estava em jogo
O destino do país
Estava em jogo a nação
A nossa remissão
E se lá fora estava escuro
Dentro da redação
Pulsava luz

De dia a reportagem
Economista bandido presidente
De noite quinta-feira sexta-feira
Escrever reescrever reescrever
Fazer o importante
Ficar interessante
E nunca era o bastante
Travessia da madrugada
Rolando na lama
Diziam de quem demorava
E quem demorava
Ficava com essa fama

Tamanha resistência
Achavam que era cocaína

Mas era adrenalina
Excitação natural que faz trabalhar
Virar a noite acordado

Cavaleiros da imprensa
A derrubar poderosos
Na luta para a qual demos tudo
Nosso sacrifício voluntário

Na madrugada eu andava
Na gráfica entre as rotativas
A ver o trabalho nascer
Rodar a notícia fazia o chão tremer
Como tremia de medo o poder

Jornalismo que nunca dorme
Jornalismo que consome o jornalista
Na busca pelo cálice sagrado
Graal da verdade

No sábado
Revista impressa em todas as mãos
Como a estrela vespertina
Enquanto o sol raiava
Eu chegava em casa
Com gosto de asfalto na boca

Entrava no apartamento vazio
Sem sono ou cansaço
Nem à espera um abraço

Conforto e amor
Só o sono entrecortado
Rasgado sofrido
Para no começo da tarde
Corpo moído
De novo acordar

Cada semana
Era como viajar ao Japão
Virar e desvirar dia e noite
Entrega que só existe igual
No amor a um filho
Amor sem medida
Ao qual se doa o sono e a vida

A um país demos o melhor de nós
E se o destino às vezes é atroz
Faz a história ser esquecida
Não foi por falta de empenho
Nem falha na nossa missão
Bem cumprida
Com a merecida
Paz das vitórias

*

Folhetim feito por heróis
Sem glória sem nome
Nem deixar assinatura
Na luta por tempos melhores
Não havia espaço
Para a individualidade
Nem vaidade
Era mais que trabalho
Era matar a fome

A informação tem a ambição
De mover o mundo
Influenciar mentes
Revelar os homens
Plantar sementes
Alimentar a seiva da sociedade

Quarto poder
Que não há sem doer
Também a quem vigia a liberdade

A liberdade pode ser sabotada
Constrangida perseguida
Mas é imorredoura
Rediviva ressurgida

Como na coivara
Terra queimada e empobrecida
Voltando a florescer

Mudar o mundo não é ambição
É ideal que pede dedicação
E aquele tempo não era abstração
O jornalista influía e tinha o dever
De ser e fazer um tempo melhor

Nunca desista
Nunca desista
Nunca deixe de fazer
E refazer
Deus está nos detalhes
Na credibilidade
Da informação
Deus está na verdade
Nosso único alimento
Nossa obsessão

É preciso força
Obstinação
Para defender o pluralismo
Separar o fato da invenção
No universo dividido fracionado
Pelos discursos tendenciosos
Em defesa de interesses
Sempre falaciosos

A notícia forjada
Disfarçada de verdade
Mentira deslavada
É o veneno da sociedade
Dispersada no mundo virtual
Em que cada um
Finge ter o seu mundo
E a verdade
É o que se quiser

A verdade tem de ser apurada
Checada e conferida
O erro tem de ser admitido e reparado
Para quem quer ter credibilidade
E para quem está desse lado
Não existe o medo

Os inimigos da verdade
Minam valores
Destroem a noção
Da realidade
Manipulam
Implantam narrativas
Da sua exclusiva conveniência

A liberdade só existe com a verdade
Bem maior do indivíduo
Porém também freio
Do individualismo extremado
Do hedonismo endeusado

Radical egoísmo desembocado
Na diáspora contemporânea

Liberdade é ameaça
Quando ataca a própria liberdade
Aparente paradoxo
Ou contradição

Por isso é preciso lutar
Pela pluralidade
Falar mas respeitar
    O outro

Liberdade é exercitar
Nossa capacidade ao limite
No trabalho e na criação
Expressão
Identidade
Vocação
E para uns
    Paixão

A liberdade importa mais que o pão
Porque é pão da alma
E a alma dá o pão

Sem liberdade o homem fenece
E nenhuma fartura existe
Sem liberdade para desfrutá-la

A liberdade é luz do dia
Onde tudo se esclarece
E desaparece
A ação na obscuridade

Da liberdade vem a riqueza
E da geração da riqueza
A sua distribuição

Da liberdade vem a igualdade
Não há uma sem outra
Porque todos são igualmente livres
E livremente iguais

Da liberdade vem a justiça
O fim da iniquidade
A recompensa pelo trabalho
A dignidade do cidadão

Só na liberdade se pode dar a cada um
Segundo sua necessidade
E receber de cada um
Segundo sua possibilidade
Como dizia o profeta da razão

O homem é o centro do mundo
E cada um o centro do seu mundo
Unidos estamos na humana condição
E se a história impôs grilhões
A tantos e por tanto tempo

Por eras e gerações
Fez o escravo e o pobre
Fez o trabalhador oprimido
Outra forma de servidão
Fez também por fim
A era da liberdade
Democracia na sua mais
Bem acabada versão
Vez de dar poder
Ao homem sem poder
O homem simples
Voltado para o bem
Homem de quem vem
A melhor lição

*

O homem inventou o voo
Do que é mais pesado que o ar
Para superar limites da natureza

O triunfo da liberdade
Libertação dos limites humanos
É a libertação de toda dominação
Voo da nossa própria condição

Liberdade com inteligência
Liberdade como essência
A melhor das heranças
Incutida nas crianças
E então a vida terá valido
        A pena

*

Buscamos o Brasil
Tranquilo e feliz
Na plenitude da liberdade
Fonte do verdadeiro progresso
Que demorava
A se completar

Tiramos aos poucos
O país da coleira
De seus donos de capitania
O rico pobre de inteligência e espírito
A elite que se acha nobre
Mas é de uma nobreza vadia
Pouco trabalha
Acha normal ser canalha
Da riqueza se apropria
E esbulha a nação

Tiramos do comodismo o povo
Brasileiro que só é brasileiro
No futebol e no carnaval
Achando como o índio
Que a liberdade é natural

Liberdade como entendo
Livre mas responsável

É que algo fomos aprendendo
Bandeira sem dístico nem cores
Do cidadão sem partido
Que lutou em silêncio
Na jornada memorável
Contra a opressão
E seus velhos horrores

Ferramenta que mina e desarma
Fascismos e outros projetos
De sanha totalitária
Salva o mundo dos monstros
Que tentaram exterminar nossa alma

Liberdade que transforma em cidadão
Antes apenas um pária
Fundação do que é de fato a nação
Antes imaginária

*

O expediente até o fim da madrugada
O café no hotel Eldorado
Ou a sopa no Ceasa
E chegar em casa
Quando o sol levantava

Edifício Miami
Apartamento alugado
Carro deixado de lado
Para atravessar a feira
Armada na rua
Toda sexta-feira
A ferver

Na cozinha a pia a vazar
A sala pequena espartana
A TV muda como veio da loja
Sobre o caixote de papelão

O quarto batido de sol
Forno cimentado
Assando o corpo caído na cama
No sono entrecortado
Pelos gritos dos feirantes
Embaixo da janela

Mamão papaia, senhora
Gritavam dentro da minha cabeça
Frase que entra na memória
E não vai mais embora
Mamão papaia, senhora
Continuo a ouvir
Como tampa ao ferver a panela
Toda vez que vou dormir

E um dia sem razão
A não ser uma certa intenção
Toca o telefone
É ela
    Você

Você de volta não sei por quê
Atraída por inaudíveis suspiros
A me tirar da rotina do anti-herói
Você surgida
De uma saudade perdida
Da vontade desaparecida
Mas que doía
    (E ainda dói)

Você numa casa de chá
Você velas e fondue
Você e algum amor indefinível
De palavras metálicas
Para me maldizer
Você e seu orgulho

Você e o tempo
Você de sempre
Desde que conheço você
E a mim mesmo

Eu da minha eterna fuga
Do que é certo e verdadeiro
E só não aconteceu
Porque era eu
Eu e você
Você e eu

À noite em casa
Aguardo sua chegada
Não mais dois amigos
E sim amantes antigos
Nunca desnudados

Almas gêmeas e corpos estranhos
Depois de anos
Na expectativa da carne proibida
Desde o tempo em que os salesianos
Em nome de Deus vergonha pecado
Proibiam a juventude
Proibiam a plenitude
Da vida

Toca a campainha
Você na porta
Resplandecente

No sorriso de sempre
Como se fosse
Ainda adolescente
Ou o tempo para nós
Não existisse

Amor transparente
Só o passado por testemunha
Insistente
A espreitar por ali

Gosto de encontro
Do conhecido desconhecido
Do beijo lascivo
Riso sem motivo
Na boca brejeira
Tantos dias olhada
Desejada de perto
E agora minha
Entreaberta num favo de mel

A roupa desliza sobre o tapete
Sedosa e fácil
Mas ao pularem os sapatos
Que tiro feito um gato
Você se afasta de repente
Recoloca a roupa e num arranco
Salta e sai correndo
Sem explicação

*

Naquela noite incerta
A porta ficou entreaberta
E o pensamento tumultuado

Tanto desejo havia
E o momento tão meu quanto seu
Se desvaneceu

Teria sido só curiosidade
Para matar a vontade não realizada?
Teria sido mais amizade
Ou um gosto de liberdade
Uma noite e mais nada?

Ninguém soube naquela hora
Ficou no ar a surpresa e o espanto
Quebrado o encanto
Com um sentimento de conspurcação
Fizemos o que não era para ser
Ou então tinha sido o susto de quem
Compreendeu e se arrependeu
Do que ia fazer

*

Às vezes é preciso tempo
Para ter coragem
Voltar ao ponto onde paramos
Fôlego na difícil viagem
Quando o coração é o passageiro

Coragem contra nossos preconceitos
Nossas expectativas
Nossos zelos
Nossos medos
Sobretudo o medo de nós mesmos
Medo da felicidade

Entre nós ainda havia
Invisíveis barreiras
Teia tecida pela sociedade
Pelo ser humano a impedir
O outro de ser feliz
Revanche castigo ou alívio
Porque nada há mais consolador
Para a mediocridade
Que o mal de mais alguém

Porém
No dia seguinte

Tocou o telefone
Você decidida
E a porta se abriu novamente
Na hora marcada

Roupa ao chão
Surgiu seu corpo inteiro
Beleza sarracena
Em estado de primitivo pecado
E com suavidade e leveza
Estendeu-se esguio e lânguido
Na cama de solteiro

A mulher grande e forte
Nos meus braços
Ficou frágil entregue impotente
A estalarem os ossos
Brinquedo que a gente pega
E acha que pode quebrar
Como passarinho ferido
Coração partido
E canção de ninar

Na penumbra
Fundiram-se corpos
Feitos um só
Gozos e risos
Lembrando antigos avisos
De que amar
Fora a Deus

Não é permitido
E o desejo
Não se pode pegar

"E se o padre soubesse disso?"

Mãos crispadas
Pernas torcidas
O prazer como choque
Súbito despertado
Segunda chance
Ganhada e perdida
Ao alcance do toque

*

Eu queria salvar o mundo
Pelas ideias e ideais
Já você era disso descrente
Segura de sonhos
Bem mais simples
E bastante concretos

Você que fazia
A criança falar
E também a fazia pensar
Cuidava e lhe dava futuro
Fazia o bem puro
Fazia o bem mais real
Mudava o mundo
Pelo melhor lugar
Que é a criança

Só eu
Na minha confusão
Afetiva e espiritual
Não entendia a importância
Da presença
Confortadora
Individual

Você era carinho
E afeto e sorriso
E sabedoria
Salvação verdadeira
Urgente e primeira
Que só você de nós dois
Tinha para dar

A antiga adolescente
Era agora mulher segura
Mestre da cura
Trabalhando não só por salário
E sim por generosidade
Visionária da vida
E de quem era eu

Não sei se pelo que fazia
Melhor me entendia
Com minha afetiva dislexia
Que você conhecia e tratava
No dia a dia

Quem sabe eu te comovia
Porque não via
Como você podia gostar
De alguém tão ao contrário

Aquele encontro podia ter sido
O começo do resto de nossa vida

Mas eu andava por demais envolvido
Na missão escolhida
Tão nisso pensando e ocupado
Que acabei de mim mesmo esquecido
Assim afastei a felicidade
Certo de que era cedo
Certo de que não era
A minha vontade

Noite e dia
Submergi no trabalho
Que tirava de mim
Todo o sangue
Toda a energia
Toda a atenção

Onde está você, sumido?
Eu ouvia
Na secretária eletrônica
E sem tempo ou com medo
De responder
Deixei no vazio o pedido
A voz que ressoava ao ouvido
E que tentei esquecer

O certo nunca se prova
E mesmo no dia de ir para a cova
Não se sabe o que foi certo ou não
Preferi seguir outra razão

Sem saber que do que precisamos
E realiza os bons sonhos
Começa
    Pelo coração

*

Não há amor maior nem menor
Há apenas amor
Matéria viva
Que não se vê

O amor a um país
É também amor a outros amores
A tudo o que damos valor
Amor à família
A todos com que conosco dividem
O esforço por um lugar melhor
Não há ilha que seja homem
E ninguém é feliz
Sem que todos estejam bem

Assim segui minha aspiração
Pus o trabalho na sua
Na nossa frente
E te deixei no caminho
Seguindo sozinho
Pela contramão

Sempre feliz
sempre contente

Mas ignorante
Do meu coração

Tivesse mais eu sabido
E outra teria sido
A minha decisão

V.

O que importava então
Obsessão nacional
E da imprensa em especial
Era a campanha eleitoral

Apogeu de todo o esforço
Pago por tantos tão caro
Acontecendo afinal
Fim de uma epopeia
Tão longa e sofrida
Que era quase
      Inacreditável

Na esteira da Constituição
Vinha a eleição
Catarse ou redenção
Para a nação esmagada
Paralisada
Pela hiperinflação

Clímax da democracia
Recém-implantada
Virou panaceia
Para uma população
Tão necessitada
Que não podia mais esperar

Escolher presidente
Era enfim o progresso
Dada ao povo a vez
A voz e o poder
Para ele mesmo fazer
A escolha de governo melhor

Grande festa cívica
Há tanto tempo esperada
Finalmente chegada
E que provava a um alto preço
Como pode demorar um começo

Discursos eloquentes pujantes
Emocionados e emocionantes
Palavras de homens forjados
Nos anos de perseguição
De enfrentamento e de exílio

A liberdade de expressão
O debate amplo e aberto
Vinha de antemão
Sedimentar o caminho

Como pré-condição
Da democracia na plenitude

Passeatas carreatas comícios
Coloriam a festa popular
Fim do ciclo do qual tantos
Hoje nem mais se lembram
Sem saber o quanto custou
E a diferença que é fazer de falar

*

Mar humano
Asfalto vivo
Coberto de bandeiras rutilantes
Agitava o Farol
A cidade cintilava júbilo
Vibrava à noite
Como se fosse dia
    De sol

A Salvador sacudida
Por fortes refrões
Era Brasil verde-amarelo
Cores espalhadas
Por todas as cidades

Madrugada virada
Revista fechada
E no mesmo sábado
Pegar o avião

Cada dia eu acordava
Num hotel diferente
Tantos dias tantos lugares
Que ao despertar eu olhava

O cinzeiro ao lado da cama
Para saber onde estava

Uma tarde entrevistei
No carro voando pela cidade
O homem barbado
Migrado do agreste
Pau de arara e cabra da peste
Virado torneiro-mecânico
Para quem sair do rincão
E virar assalariado
Era mais improvável
Que o trabalhador registrado
Virar presidente
Tão pobre é o brasileiro
Tão longe está
O pobre marginalizado
De virar cidadão

Tantos artífices daquela mudança
Mereciam a eleição
E no final a balança
Pendeu para um quase desconhecido
Caçador do político
Como de qualquer bandido
Que prometia honestidade e coragem
Mas deixou aberta aos ladrões
A porta da pilantragem

O povo traído
Saiu à rua de cara pintada

Fúria que se agiganta
Como vontade sagrada

Tudo virado nada
O amado foi odiado
Renunciou para não ser afastado
Pelo povo somente o povo
E não o soldado

Ficou provado
O povo não queria só eleição
Queria honestidade
Fidelidade
Compromisso do Estado
Com a coletividade

Poder é dever
E a nossa democracia
Posta a teste
Acabou por vencer
E mostrou (eu pensava)
Que jamais
Voltaria atrás
E nada havia a temer

*

A jornada nunca foi fácil
Nem resolvida num instante
Custou sacrifício
E alguns autos de fé
Depuração da política até
A consolidação que ainda viria
Da nossa jovem democracia

Depois do fim da arbitrariedade
Chegava lenta e penosa a aurora
Relógio sem ponteiro da hora
Sol que nascia pela metade

Todo avanço político
Esbarrava ainda no comportamento
Vela contrária ao vento

A liberdade é para tudo
O governo o sexo a vontade
Liberdade de ser quem se é
Aceitação das ideias
Da multiplicidade
Das raças credos países
Igualdade na diferença
Base da civilidade

Justo nesse tempo
Em que a sociedade tanto mudava
Fruto da própria liberdade
Veio a reação violenta
Por conta de um vírus mortal
Perigo para toda aquela geração
Triste ironia
Ou maldição

Doença invisível e insidiosa
Descoberta por muitos
Quando era tarde demais
Anunciada pelo correio
Resultado do exame
Esperado com tanto receio
Porque ser soropositivo
Era uma sentença de morte
A epidemia feriu
Não só homossexuais
Atingiu a todos
Ceifou a liberdade
Tirou nossa paz

Na sociedade enfim aberta
Para si mesma e sua complexidade
A aids causava receio e opróbrio
Retomava a repulsa à diversidade
Culpando quem de culpa só tinha
Amar livremente sem culpa

Fez perder tanta vida
Perder tanto da arte
E tirou porta-vozes
Das nossas ambições
Cazuza do Barão
Renato do Legião
Rebeldes e arautos
Da palavra e do verso
E da nossa geração

Outros heróis morreram
De overdoses diversas
Ayrton do coração veloz
Bandeira brasileira
Tremulando ao vento
Ás da vitória impossível
Salvador do nosso amor próprio
Antes decaído esquecido
Ayrton súbito interrompido
No encontro com um muro qualquer
Num dia sem luz e nem céu
Mandado de um Deus
De vontade cruel

Jovens ficamos sem ídolos
Jovens ficamos sem expressão
Sem modelo nem inspiração
Silenciada revolução
Que por ser pacífica não foi reconhecida

Como o que foi
    Mutação

Radicalização do sentimento
Da atitude e do comportamento
Força fluida do pensamento
Contra a força estúpida da repressão
Explosão de um momento
Em que o indivíduo se confunde
Com a multidão

Mas se perdemos ídolos de infância
Perdemos a inocência
Não perdemos a canção
Não perdemos a esperança
Não ficamos sem amor
Sem razão
    Nem direção

*

Na imprensa e nas artes
Somos sapadores
Podando galhos e matando
As raízes do mal
Plantando flores
Fazedores
De dias mais belos

Construtores da alegria
Tirando da letargia
O mundo que precisava
          Acima de nada
De acreditar

O rumo estava traçado
A nação era maior que as frustrações
A carruagem da história
Entre pedra e espinho
Encontrava o caminho

Aos poucos firmou-se a esperança
Na liberdade como segurança
E eleição após eleição
A democracia fez sua função
Colocou o erro a nu

Forçou a sociedade a melhorar
Deu força para trabalhar
Trouxe na economia
A estabilização
E alegria ao coração

Depois de um tempo brutal
Melhorou a vida de todos
Graças àquele esforço vital
Colhemos os frutos
Do que juntos fizemos
E se mais não fizemos
Ou acabou sendo pouco
Não foi um engano
É porque quem sabe o futuro
É cigano
    Ou louco

*

Nas longas estações
Cada tempo teve sua beleza
Seu encanto e suas necessidades
Estação para experimentar
Cumprir deveres
Da vida que não para
Desfrutar dos prazeres
Vida despreocupada e clara
Bela de deixar saudades
Mais que arrependimentos
Escrever e perpetuar momentos

Ter sempre tempo
De mudar aqui e agora
Mudar de casa
Mudar de lugar
De desejo de vontade
Mudar conforme a idade
Mudar pela simples liberdade
Às vezes sem pensar
No preço a pagar

A liberdade veio para se aproveitar
Liberdade de oportunidade
De querer

     Falar
Trabalhar
     Produzir
Amar
   Pulmão cheio de ar

A liberdade foi religião
Teologia da libertação
Fé na igualdade e devoção
Para tirar da população
A cruz carregada em vida

Como os relógios de Dalí
Derreteram as velharias
Livres fomos nós por algum tempo
De preconceitos e fronteiras

Caiu a Cortina de Ferro
Desde a fissão de Chernobyl
Vieram a Perestroika e a Glasnost
Distensão do império orgulhoso
Fim do mundo ao meio dividido

O Muro de Berlim
Pichado com as cores festivas
Da liberdade mais delirante
Derrubado e vendido
Na feira aos pedaços
Virou lembrança de nunca mais

Caiu a muralha do capitalismo cindido
Entre Ocidente liberal e Oriente estatal
O mundo descobriu de novo a China
E triunfou o capitalismo global
Babel contemporânea
Cacofonia de línguas culturas
Infinito humano
Belo na multiplicidade
E na sua ambição

Nações solidárias
Facilitaram o trânsito
Do comércio e da vida
Amálgama de tudo o que existe
Oferta de todas as possibilidades
Como a fórmula da felicidade

Venceu a iluminação
Venceu o saber
Condição da liberdade
Essência do cidadão
Fundamento da dignidade

Desde a invenção da roda
Do ferro fundido
Da filosofia
Saber é poder
Única fonte de prosperidade

Assim foi com os navegadores
Dos grandes descobrimentos

Com a bússola no lugar do sextante
A pólvora em vez do chuço
A nau de velas triangulares
A avançar mesmo com vento contrário

O horizonte
Antes acabado no abismo
Onde ficava o limite da humanidade
Virou um início
Novo mundo que nunca envelhece

Tudo tem
Quem tem engenho e arte
E a quem não tem
Falta tudo
Ou a melhor parte

Tecnologia como extensão
Potenciação do ser humano
Criatura da invenção
Pilar do progresso universal
Do qual ninguém dizia
Que dela ainda viria
Tanto bem
E também
Tanto mal

*

Estilhaçado o passado
Seus tiranos e exploradores
Ideias e ídolos falsos
Guerras e percalços
Nunca avançamos tanto
Nunca fomos tão bons
Nem tão prósperos

Os melhores anos
São flor da vida
Plantada cultivada
Admirada no seu esplendor
Na terra enfeitada
Vivemos em paz
Como filhos e pais

Não paz sonhada
Paz verdadeira
Chuva criadeira
Evolução da humanidade

O tempo em que vivemos melhor e mais
Tempo de visitar
As melhores aspirações humanas

Palco da história
Amadurecida pela experiência

Fizemos o trabalho
E fizemos a festa
Com graça e delícia
Determinação e definição
De uma juventude tão viva
Que não acaba
Nem atrofia no peito

Terminar uma era
É começar trabalhos
Desafios
Cuidados
Ler as árvores
Plantar livros
Semear esperanças
Sem o espantalho
Do passado
A nos assombrar

Livres desfrutamos
Da planície alcançada
Com o prazer da vitória
Do descanso meritório
Daquela tranquilidade
Talvez precária
Talvez transitória
Porém assim
Mais bem aproveitada

É bem verdade
Houve morte injustiça e tragédia
Porém nunca em toda a humanidade
Houve tanto tempo de liberdade
Com civilidade e riqueza
E por que não dizer
      Amor

Liberdade a colher o resultado
Do esforço de todo mundo
E em especial do Brasil

Liberdade para admirar cenários
De beleza grandiloquente
Andar em pradarias serras mares
Dormir na relva
E fazer jantares
À luz de velas

Andamos por tantas paragens
Com amores tantos
Em noites sem fim
Beijos ternos e calorosos
Lúbricos e libidinosos
Regados ao cauim
Dos mais belos encantos

Sol na montanha
Céu cristalino de inverno
Colchão de nuvens sobre o vale
A resplandecer

Riso solto
Taças a brindar
Noites de amor estreladas
O vinho e o abraço inebriado
O enlace branco nos lençóis

Prazeres e sonhos realizados
Descobertas e viagens
No novo concerto planetário

O Brasil se abriu na amplidão
Crescimento e revelação
Para um jovem como eu
Sedento de saber e de emoção

Eu em tantas cidades ilhas continentes
Eu na maloca de estrume seco
Na savana africana
Dormindo em penas de ganso
Crusoé navegando no remanso
Do igarapé na floresta tropical

Eu entre as mulheres
Desfilando meias de renda e sedas
Nas ruas elegantes de Roma e Milão
Eu a deslizar no azul do Nilo
Cortando o deserto
De pedras negras e areias vermelhas
Como César e Napoleão

Eu nos castelos ingleses
Com um pulôver de cashmere
Eu no Caribe e um furacão
Com uma loura no harém
Da fortaleza moura
Eu atrás de uma cidade perdida
Com os acólitos da deusa enlouquecida
Na escuridão da caverna a sorrir

O beduíno com pés de caipora
Subindo na aurora
A estrada de pedra colorida
Para a montanha sagrada
Onde um profeta um dia recebeu
E consagrou em pedra lavrada
As leis de Deus

Eu e a visão da miríade
Do céu mais estrelado
Eu com as náiades e dríades
Que amei sendo amado

Eu quando fui mais eu
Ou então eu
Apenas eu

*

O tempo é um trapaceiro
Quando belo
Passa rápido e ligeiro
Passa feito vento
Quando vivemos bem

No estado da felicidade
Descuidamos do mal
Não pensamos em futuros danos
O tempo sopra a vida

Os melhores anos não se contam
A história lembra e conta mais
O drama e a dificuldade
Mas é no tempo de bonança
Que se arma a tempestade

Mesmo a liberdade
Não é sempre ou de todo livre
E nem a felicidade
Garante a felicidade eterna

O mundo mais chinês
Em vez de ocidentalizado
Conectado para deixar

O trabalho facilitado
Deu então um jeito
De ir eliminando tudo
O que não é perfeito

Em busca sempre do ótimo
Foi quebrando os elos mais fracos
A começar pelo homem
Que fez da perfeição um conceito

A humana intervenção
Multiplicou a riqueza
E as necessidades da população
Vivemos mais e ganhamos
Tempo e comodidades
Vivemos mais e não envelhecemos
Vivemos mais e não morremos
Até senão bem mais tarde

Esses mesmos grandes progressos
Geraram grandes insuficiências
E distorções enormes
Entre tamanha riqueza
E a nova imortalidade
Contadas almas e bocas
Aos bilhões
Veio a pobreza
Veio a marginalização

Mundo tão cheio de gente
Que se tornou impessoal

Deixou a todos sós
Na solidão das multidões
Espezinhou quem já era pobre
E pobres ficamos todos nós

Entre tantos
O rei técnico escolhe
Quem fica e quem vai
Quem sobe e quem cai
Quem deixa ou socorre
Quem vive e quem morre
Seleção antinatural

Onde está a dignidade do homem
Sem o trabalho
Onde está o homem
Sem o homem
Simples espantalho
Que para sair do arado
E produzir sem ficar cansado
Inventou a excelência
E foi desinventado?

Homem extinto pelo homem
Como o seu próprio Deus
Deus sem fé mal pensado
Arrogante e insolente Deus
Sem limites desalmado

Deus que não cuida dos seus
Deus desgovernado
Deus-máquina
AntiDeus

VI.

O progresso acelerado
Nossa construção
Sonho realizado
Acabou em convulsão

Faltou dinheiro
Faltou professor
Faltou polícia
Faltou solidariedade
Faltou amor

Quem conheceu e viu
O tempo da liberdade
Viçoso e risonho
Virado de trás para a frente
Simplesmente
Não acreditou

O homem tecnológico
Aperfeiçoou o jeito de viver

De enriquecer e explorar
Ao outro e à natureza
Sem se importar
De destruir a si mesmo

O homem depredou a savana a tundra
O fundo do mar e a floresta tropical
Atacou a verdade e a noção do normal
Só não matou o deus pagão
Da cobiça da ambição da corrupção
Da exploração do homem
Sem direito a férias-sono-fim de semana
Engrenagem de músculo-ossos-vísceras
Nas linhas de produção
Ou atirado à sarjeta
Sem casa comida e função

A era industrial
Da máquina como maior capital
Do sistema representativo
Da TV rádio jornal
Do comunismo e liberalismo
E todos os falsos paraísos
Pariu a democracia deturpada
Com uma Constituição remendada
Esmagada pelo fisiologismo
Transformada em demagogia
Política da falsa solução

Na era digital
Ganhou valor o capital virtual

A velocidade
Mas na demolição geral
Foi o bom com o ruim no meio do velho
E o *laissez-faire* virou Deus-dará

O sol refletido nos arranha céus
É ofuscante luz incidental
Sobre a cidade de concreto e cristal
Estufa das novas ideias
E da cobiça iluminada
Mas seu calor não chega à ruela
Ao labirinto da favela
Debruçada sobre o abismo

A vida mais que nunca
Passou a ser seguir a regra
Cumprir o prazo
Estar disponível todo o tempo
Correr sem nunca alcançar
Correr para não perder
O que já se tem

Ameaça da era da liberdade
À própria liberdade
Feita para escapar aos sistemas
Ser o que somos
Ou o que queremos ser

O homem tecnológico
Mostrou-se um Dorian Grey

Ego deformado vil ingrato
Feito em cacos
Atrás do seu virtual retrato
Sem perdoar os mais fracos
E fracos
Somos todos

A sobrecarga de quem restou no trabalho
Deixou na boca o ranço
Da vida rasgada
Sem perspectiva
Na impotência cotidiana

Homem-objeto
Homem abjeto
Peça biológica
Do organismo-máquina

De longe e de perto
Somos números
Andamos em fileiras
Mudos em uníssono
Reunidos como gado
Animais pela máquina
        Ordenhados

A humanidade marginalizada
Foi arrastada pela indiferença
Roída por decepções

Envenenada de ódio
Enquanto os poucos ricos
Cada vez mais ricos
Comem ouro lubricamente

*

A eterna luta brasileira
Guerra da história inteira
Do desequilíbrio social
Perdurou e cresceu
Como em todo o mundo pudemos ver
O ovo da serpente
Sair do sono latente
O mal florescer
E obscurecer o futuro

A liberdade cevou
Um individualismo desagregador
O reino da rede virtual
Expandiu a intolerância

As metrópoles venéreas
Emanam fogo e fuligem
O Deus de barro foi dissolvido
Ao cair a chuva negra

A liberdade não conteve os homens-fera
Antes ocultos e à espera
Armados com um fuzil israelense
Argumentos do *nonsense*
E a inteligência mais primária

Nas labirínticas favelas
Da periferia pantagruélica
Estão todos perdidos
O crime se instala
Alastra e organiza
Estado paralelo que visa
Impor a lei da violência
Na terra dos esquecidos

A explosão geométrica
Dos marginalizados
Excedente de um sistema
Extremamente seletivo
Criou esse dilema
Cresceu a abundância
Mas ela não é para todos

Não importa o motivo
Nunca há igualdade
E o mundo dos homens
Com seus sonhadores
Já velhos cansados e roucos
Será sempre de uns poucos

Surgiram os sebastianistas modernos
Falsos profetas e tiranos salvacionistas
A cavaleiro das ideologias totalitárias

A certeza do mundo melhor
Foi assombrada pelo passado

Ameaça da volta do Estado
Autoritário e repressor

A tecnologia deu precisão
Velocidade
Aproximou pessoas do mundo inteiro
Ligadas pelo meio virtual
E nos afastou do principal
Sumiu aquela ingenuidade
Do anacrônico cartão-postal

O homem desarvorado
Perdeu o beijo de amor
Perdeu o abraço amigo
O encontro na praça
Perdeu muito da graça
E no cenário ameaçado
De matas e rios e mares
Deixou lixo e uma saudade

O século antropocêntrico
Da riqueza criando a pobreza
Em inaudita escala
Disseminou a desinformação
Na vida minuciosamente vigiada
Calou quem fala
Patrulhado censurado cancelado
Deixou o homem à beira da explosão

A geração da liberdade
Teve seu belo triunfo

Mas não foi suficiente
Porque o mundo andando à frente
Começou a se perder

Mundo mundo sem garantia
Que um Deus ideal não faria
Mundo de tantas surpresas
A rir das nossas certezas

Na nossa confiança
De que arrumado o caminho
Tudo andava sozinho
Não enxergamos direito a mudança
Insidiosa profunda e sem alarde
Exceto vejam vocês
Quando talvez
Já era meio tarde

E a crença imprudente
De que nosso legado era eterno
Jazeu morta ou dormente
Na tarde do que seria
A nossa bela idade
E virou nosso inferno

*

De tudo
Restou o espanto
O desencanto
E no entanto
É fácil entender
Como isso foi acontecer

Tem gente que gosta do caos
Tem gente que gosta da guerra
Porque na guerra se ganha e garante
Um lugar privilegiado na terra

Homens na selva da história
Homens sem a memória
Do que acontece quando vivemos
Com gosto de sangue na boca

Não o pescador que pesca
Quando tem fome
Que bebe quando tem sede
Que fez o barco e a rede
Para sair ao mar
E sim o simples predador
Primitivo caçador
Capaz de tomar o que precisa

E não precisa
Explora e extermina
Mesmo quando nem há
Razão de matar

Homem sem palavra
Que fez da liberdade
O abuso da liberdade
E usou a democracia
Para minar a democracia
Atacar a liberdade
Roubar à vontade
Gente sem limite
Gente inconsequente
Sem respeito por gente

Vivemos e corremos soltos
Distraídos enganados
Dando espaço aos heróis errados
Acreditando na beleza da paisagem
Mas ela se tornou miragem
E apareceu a chocante realidade

Ninguém pensou no futuro
Como algo que acabou
E essa construção desabou
De repente na esquina
Da manhã nova-iorquina
Com as torres desaparecidas
Derretidas no fogo

Exalando cheiro líquido
De gasolina e de morte

Não era a Rússia nem era a China
Era a pobreza antes não vista
Mais que ameaça terrorista
Explodia em sangue o maior problema
A doença endêmica do sistema

O sonho da nossa geração inteira
Desapareceu numa massa de poeira
Acabou o antigo e ilusório encanto
Ficou dele uma fumegante cratera
O vazio da ebulição de uma quimera
E em todos os corações o pranto

*

Queria eu escrever do mar
Ou uma cançãozinha de ninar
Como um pobre sonhador
Mas é preciso olhar de frente
A realidade solenemente
Sair do comodismo
Despertar quem quiser acordar

Terá sido apenas um tropeço
Ou o mundo dá mesmo voltas
E tornamos ao começo?

Tudo resolvido
Nada resolvido
Dias de labuta
Que custaram tanto
Para um futuro concreto
E terminaram entrementes
Em calcinado projeto

Aquilo em que acreditamos
E tudo o que conquistamos
Alarmantemente em risco

De que vale a vida
Se toda revolta é inútil
Toda sabedoria desperdiçada

E todo esforço recomeça
Num refazer de Sísifo
Todo amor é partido
E em vez de um bem
Em si já contém
O germe da desilusão?

Tudo resolvido
Nada resolvido
Nenhum jogo ganho
Nenhum jogo perdido
Nenhum avanço
Sem retrocesso
Nenhuma decisão
Sem dissolução
Nossos dilemas ancestrais
Sentimento e razão
Contrários afirmativos
Paradoxos e contradições
E até as estrelas
São consumidas lentamente
Queimando como o sol

Universo sem explicação
Vida antinatural
Ou o sobrenatural da vida
E o que é diante disso
A hora marcada
O táxi
A reunião

*

Andamos esquecidos
De que o rebanho é apascentado
Tudo é trabalho
Não há descanso na terra
Nem consolação

Um povo contente
Ao escolher presidente
Pensou que isso bastava
E era o final
Mas o voto não basta
Para vencer uma casta
Nem a ferocidade humana
Que como no bicho é irracional
Mas no homem é tamanha
Que não há bicho igual

Nos tempos de fartura e luz
Quando se criam riquezas
É que se guarda para a pobreza
A velha sabedoria de que o bem
Traz consigo o mal

No caminho perdemos a rota
E gente importante

Mas não perdemos
A razão
    Nem a inspiração

Como Ulysses força farol e guia
Energia da democracia
Esperança quando não mais havia
O homem que dizia
Minha estátua é o povo na rua

Prometeu aos inimigos
Não esquecer de morrer um dia
Mas não cumpriu a promessa
Desaparecido numa tempestade
Mergulhado com o helicóptero no mar
Morreu só pela metade
Vivo entre nós a pairar

Democracia é renovação
Contra a invenção
Do sistema que perpetua os mesmos
É remédio contra a corrupção
Enfermidade dos poderes
Achaque do cidadão

Desintegram-se esperanças
A felicidade das crianças
Que eu queria gravar em pedra

A democracia virou asfixia
E eu pensava que morria

Procurava em minhas andanças
Uma saída ou redenção

Olhar outra vez para diante
Resgatar o importante
Deter o tempo congelar o dia
Recuperar a alegria
Reacender a chama
De quem ama
E quem acredita

E então
    Coincidência ou não
Ressurgiu de repente
Aquele amor de temperança
Imune à mudança
Conforto e luz
    Aparição

VII.

Nossas vidas seguiram
Separadas pelo pecado original
Não ouviram nem sentiram
Os dez mandamentos do coração

Fechamos as janelas para o sol
Anestesiados pela vida normal
Com tantos compromissos assumidos
E desejos sempre banidos
Que dão em insatisfação

A experiência dos filhos
A mostrar a nós mesmos
Como é renascer com outros olhos
Até o dia em que os filhos
Ganham vida própria
E já não queremos neles renascer
E sim ainda viver

Você que na sua busca
Queria a vida inteira

Com alguém e alguém só
Provava que o mesmo lugar
Era apenas mais um
E podia também ser
Lugar nenhum

Eu ao contrário
Sempre a buscar
Em outra mulher a verdadeira
Movido pela inquietação
Eu de tantos amores perdidos
Intensamente vividos
Na beleza da emoção
Mas igualmente iludido
Sempre a recomeçar

Aprendi que para o ser inquieto
Andando torto ou reto
Nada funciona ou é o bastante
Não há ordem não há jeito
Não há fórmula ou preceito
Não há regra ou explicação
Nada fica
Nada é perfeito
Nada acalma a alma
Nada aquieta o coração

E nós que buscamos em outros
A completude da vida a dois
Certos ou errados não importa

Perdidos ou de ouvido mouco
Dando vida a uma natureza morta
Fazendo tanto pelo pouco
Deixamos o mais certo
Para depois

*

Eu gosto tanto do teu riso
De ouvir a tua voz *caliente*
O certo no meio do errado
O instante que é só da gente

Eu gosto de pensar em ti
Mulher que não esqueci
O certo no meio do errado
E dos casamentos desencontrados
De tantos perdidos e achados
Me vi novamente ao teu lado
Não por desespero
Nem por maldade
Ou mesmo por mágoa
Nem para corrigir o passado

Foi amadurecimento
Olhos no espelho
Rosto marcado
Alma marcada
Tempo esgotado
O chamado
Da realidade

Marcamos o reencontro
Como nos primeiros tempos

Outra vez proibidos
Dois foragidos
De suas próprias vidas

Não era traição
Das pessoas queridas
Era uma vida traída
Que não deixava saída
Ou a retomada
Da trilha da qual
Por bem ou por mal
Fomos desviados
O certo no meio do errado

*

Nenhum hotel é endereço
É casa de todos e de ninguém
Para a gente porém
Podia ser um novo começo

O tempo tem sua maneira
De ser muito e também pouco
Sobretudo quando se espera tanto
E tanto é a vida inteira

Na tarde planejada
Para o amor fortuito
Dentro do quarto
A hora demora
Ansiedade acumulada
A cada instante
Um mudo grito

O calor do momento
Tira a frieza
Das fotografias de paisagem
Paredes cor de creme
Cama sem cabeceira
Sala com sofá frigobar
E TV que eu nunca ligo

A tarde desmancha
Com você sempre atrasada
Indo a mil lugares para ocultar
Que acaba sempre em um só lugar
Fico eu suspendido até o momento
Em que já não há mais perigo
E tudo vira esquecimento

Quando a porta se abre
Entra o seu sorriso
Que me tira o juízo
A roupa deixada aos pés
O beijo candente
O corpo complacente
Que eu tomo já sem pressa

Você é calma iluminada
Cheia de vida a transpirar
Lar no mais impessoal lugar
A balançar os cabelos
            Lisos negros

A boca de lábios fartos
Desenhados para beijar
Silente aos poucos desce
Mãos unidas em prece
A sorver a fonte da vida

Nos lençóis brancos abraço
O corpo suave e bem-feito

Que eu conheço e não conheço
Nosso amor já é sem memória
Sempre novo e antigo
De amante e de amigo
Com o qual eu meu deleito
Silhueta movente no escuro
Pernas de seda sabidas de cor

Vão os braços sem direção
Em abraços rasgados de vontade
O gemido espremido na minha mão
Beijos mordidos de sofreguidão
E lambuzados de ansiedade

Desejo de calças enroscadas
Calçado de botas e sapatos
Delícias malterminadas
Parecendo briga de gatos

É esse desejo adolescente
Desejo atrapalhado e torto
Que mostra como era urgente
Um tempo que eu supunha morto

*

No mar de nós dois
Perto longe
Longe perto
Antes depois
A vaga da vida
Traz e leva o amor

Amor puro em todo o pecado
Acostumado
Desde sempre a ser assim
Com jeito de incesto
Mas inevitável
Sem importar o resto

Amor sem rumor
Amor sem aviso
Nem explicação
Amor de que eu tanto preciso
Indecoroso
Conspurcação

*

A mulher é branco papel
Tela onde desliza o pincel
Mergulho no céu
Ginete alado sobre um monte onírico
Mongol montado em cavalos anões
Austrálias desertas
Onde aborígenes veem subir ao céu
Fagulhas do fogo
Aspergindo as noites quentes
Até incendiar as estrelas

Desfiles de gueixas
    Deslizando em sedas
Serpentes erguidas
    Ao som da flauta indiana
Esquimós nas dezenas
    De brancos distintos de gelo
Picos nevados
    Serrilhados dos Andes
Labirintos de catacumbas
    Ressuscitadas tumbas
Gargantas de cimento e asfalto
    Onde nos engole a metrópole
Túneis escuros e grossos sapatos
    Patinham nas poças

Girassóis na encosta
    Da muralha de pedra
Castelo sitiado pelo sol
    No terroso verde toscano

Histórias de amores sem planos
Catarse de tantos anos
Enciclopédia de tudo o que fizemos
E não fizemos
Até termos
O tempo só nosso

Escreve em mim
Diz você naquele transe
Eu deitado ao teu lado
Corpo nu ainda arfando
Turbilhão de corpo e mente
E você vira de bruços

No dorso emprestado
Rabisco o sol poente
E muita coisa indecente
Impossível de contar aqui

Escrevo a minha e a tua vida inteiras
Tudo o que quis fiz vivi
Tatuagem de amor impressa na carne
Em pele morena
Escrevo este dia e os outros
Pensamentos vadios

Poemas
Ideias
Desenhos
Cenários que eu nem conheci

*

Quero escrever um poema
Não em uma folha qualquer
Mas na tua pele morena
Poema em forma de mulher

Quero gravar no teu rosto
A certeza de um sorriso
Que espanta todo o desgosto
A luz de que eu tanto preciso

Nos teus seios atrevidos
Desenharei os desejos
Nunca mais reprimidos
Libertados por muitos beijos

Nas tuas pernas indecorosas
Estendidas no nosso leito
Desenharei muitas rosas
O caminho por onde me deito

Nos teus pés retesados
Ao se torcer de prazer
Deixarei registrados
Os extremos que podemos ser

No teu dorso de bailarina
Pousado contra o meu peito
Escreverei a uma menina
Que o torto pode ser o direito

No teu ventre liso e fecundo
Farei versos do mais puro amor
Onde eu deixo o meu mundo
E as sementes do meu ardor

Quero escrever-te em poema
Não para fazer mais um livro
Será, meu amor, um sistema
Capaz de manter-me mais vivo

*

A tarde-noite inteira é pouca
Na paixão furiosa
Vultos suados sedentos
Até a parte mais dolorosa
Que a gente esqueceu
A hora de ir embora
Ainda com o remanso no rosto
Teu corpo enroscado no meu

A distância
Antes nossa amiga
Passou a ser contra nós
Que com você hoje siga
Meu coração e a minha voz
A sussurrar pode ir embora
Porque se nunca te esqueci
E continuei a te amar
Depois que te perdi
Não será agora
Depois de te achar

*

O tempo não tem tempo
Não tem fim não tem começo
O tempo só mata o tempo
Tudo apaga mas não esqueço

O tempo é só o tempo
Sem tamanho e sem preço
A solidão é só o tempo
Antes de um novo começo

O tempo é mais que tempo
Profundidade onde eu desço
E da qual volto em outro tempo
Vida virada pelo avesso

*

O grande desvio consertado
Rivais amigos amantes
Juntos novamente
Sem jamais termos deixado
De ser como era antes

Você que sempre me quis bem
Mas nunca quis me controlar
Nunca me disse o que fazer
Nunca me fez parar
De pensar nem de sonhar

Você que acariciou meus cabelos
Quando não havia mais nada a dizer
Me defendeu e não deixou sozinho
Mesmo quando sabia que eu ia perder

Você a quem nunca eu estive preso
E foi minha única fidelidade
Porque de mim nada exigiu
E assim a você me dei por vontade

Você que sempre esteve longe
E a distância nos salvou
Do dia a dia

Das crianças a cuidar
Da tarde vazia
Do amor como esmola

Você que foi nunca
E foi sempre
Enquanto tudo mudou
Única e permanente
Você que sabe tudo melhor que eu
Até mesmo o que eu sou

Você que nunca me amou
Por algum interesse
Antes eu não quisesse
Saber o quanto perdi
O quanto meu sonho errou
Até que te reencontrou

*

Caso da vida eu soubesse
Jamais teria te abandonado
Esquecido e perdido
Trocado por trabalho dinheiro
Outro amor ou mais nada

Teria ficado
Do amor com o mais puro
E que nasceu no passado
Mas nunca se esquece
Foi amor companheiro
Como num conto de fadas
Amor merecido
Amor com futuro

Amor primeiro
Do tempo em que não existia
Interesse ou maldade

Amor de verdade
Ou de quanta verdade
Existe no amor

Amor com seus erros
Caprichos

Frustrações
Impossibilidades

Meu final feliz
Amor diferente
Do amor insolente
Que manda na gente
Destrói e não se dá por contente
Depois de acabado
Ainda dói
    Como o diabo

Daquela vez
Tudo estava em seu lugar
Voltavam as convicções
De quando achávamos
Saber o caminho
Tínhamos beleza
Claros e exatos
Podíamos tudo
E a vida ainda era
Séria brincadeira

*

Hoje sei que o amor antigo
É o amor mais permanente
Usou o tempo como abrigo
Dos incêndios do presente

Tornou-se novo e vibrante
Mas também velho conhecido
Livro escondido na estante
Para um dia ser aberto

Pode o céu parecer distante
E nos cobrir neste momento
A imensidão é transparente
Mas nos dá ar, luz e o firmamento

Pode o passado estar desaparecido
Mas ainda assim ser existente
Foi plantado e esquecido
Mas germinou como semente

Assim como o mar profundo
Pode o amor ficar silente
Ou ser quase outro mundo
Quando está dentro da gente

Tudo o que volta de repente
Fazendo que renasce agora
É porque nunca esteve ausente
É porque nunca foi embora

Depois de tanto andar a esmo
Sou chegado ao ponto de partida
Feliz por ainda ser eu mesmo
E poder recomeçar a vida

*

Os encontros da tarde
Saíram do hotel para a rua
Porque a felicidade
Só cabe ao ar livre

Hora roubada ao trabalho
Para tomar um sorvete
Como antigamente
No parque do Ibirapuera

Follow you follow me
Tocando pelo caminho
O disco que me deu você
Só para eu ouvir o Gênesis
Dos tempos em que todo amor
Tinha a sua canção

Andar pela 25 de Março
Entre sorrisos esquecidos
Resto do dia que fazia
O dia virar o resto

Beijos e abraços
Escondidos porque misturados
À Babilônia da multidão

Amor que não merece degredo
E não sabe ser de outra maneira
Senão reluzir insolente e aberto

Clandestinos
Nunca fomos tão livres
Ocultos
Nunca andamos tão claros
O riso fácil aflorado
Mão dada
Encontro de desencontros
Que poderiam ter sido nada
Se o coração não fosse
Tão recorrente

Menina morena agora mulher
Força magnética
Desejo que eu cerco
Ora como dono
Ora como cãozinho na coleira

O beijo roubado
A pashmina preta
No colo perfumado
Fazendo de conta
Ser meu abraço

Passeio entre fantasias de carnaval
Ciganas e bailarinas
Príncipes e piratas

Tudo o que somos
E o que queríamos ser
Esquecidos de tristezas
Abraços partidos
Momentos sofridos
Sussurrando
Carícias e confidências
E do colégio dos padres as penitências
Faziam a gente rir
                Gostosamente

*

Para espanto do tempo
Voltamos ao colégio
Onde nos conhecemos

Ficamos os dois a sós
Suspensos pelo momento
A igreja só para nós
Para o nosso casamento

A nave estava quieta
O órgão estava mudo
Mas na igreja deserta
O nada dizia tudo

Você bem a meu lado
Joelhos ao lado dos meus
As testemunhas do passado
Jurando perante Deus

Quanto tempo aqui passou
Há quanto tempo te espero
Até que com uma luz ressoou
A palavra encantada
     Quero

*

A tarde na igreja
Consagrou o que na vida
Não se completava ainda
Mas pela primeira vez
A gente pensava
Em consumar
Aceitar
Assumir
Enfrentar
O que sempre fomos nós

Para quem tem filhos
São difíceis as mudanças radicais
Mudanças na nossa vida
E de tanta gente mais

Porém nada é bom
Se você não está contente
Sem amor e amar verdadeiros
Não há outro bem
Que se invente
Não há arrependimento maior
Do que saber o que é importante
E não tentar

Jamais fazer
Diferente
    No rio onde a água
    Só passa uma vez

*

Não preciso te ter sempre
Se puder ser para sempre

Não preciso das tuas coxas maravilhosas
Mas do teu desejo

Não preciso do teu riso solto
Mas da luz no teu sorriso

Não preciso dos teus seios provocadores
Mas do teu peito arfante

Não preciso dos teus beijos voluptuosos
Mas do teu suspiro

Não preciso do dia a dia
Mas da tua lembrança

Não preciso de abraços
Como de pensar que me levas contigo

Não preciso dos teus pés de dançarina
Mas de seguir ao longe teus passos

Não preciso do teu carinho
Preciso da fidelidade a nós mesmos

Não preciso do tempo
Mas quando tiveres tempo
Eu te devorarei

*

Quem é você
Que me levou sem dizer nada
Sem ter que dizer nada
Simplesmente me levou

Quem é você que despertou
Em mim o amor sem palavras
Eu que sou das palavras
Eu-aquele que agora sei
Nunca realmente amou

Quem é você que me faz querer
Amar de verdade e entender
O que é deixar de ir embora
E ficar
Sem fazer força nem precisar

Quem é você que somente você
Pode dar o que eu quero e nem sei
Aplacar minha fúria e trazer o mar
Para as vagas suaves e navegar

*

Quero um pouco de muito amor
De uns arroubos de voar
De palavras furta-cor
De acertar de tanto errar

Um pouco de muito e tudo
De tudo e muito um pouco
De silêncios de surdo-mudo
De gritar de ficar rouco

Um pouco de prazer sem medo
De andar sem objetivos
De achar que ainda é cedo
Sem planos falsos ou esquivos

Um pouco do eu antigo
Que não olhava o futuro
Da vida mais amigo
E um pouco menos duro

*

Na tarde tranquila
Para o café sem pressa
Marcada para falar do futuro
Cumprimento da promessa
De acabar com a vida clandestina
De colocar a vida em pratos limpos
De prevalecerem as verdades
Como fim de chuva fina
E também das tempestades

O momento muda a história
Minha sua do mundo inteiro
Com a inocência radiosa
De quem vislumbra a felicidade

Porém de repente você surge
Sem o sorriso de sempre
Estranhamente fechada e triste
Tão fora do normal
E o que seria
O primeiro dia
Do resto das nossas vidas
Começou com este sinal

Diz você
Sentada no café da praça

Ter descoberto um tumor cerebral
E da conversa este é o começo
E também o seu final

A ida ao médico
Por lapsos de visão
O achado no exame
Traição do destino

Ainda era cedo
E ninguém sabia
A extensão do mal
Mas se instalava a dúvida
Torturante e triste
E a expressão do susto
Substituiu o resto
Justo
    Quando o bem se descortinava
Tão próximo e belo

Ressaca e maré
Convulsão de vulcão
Explosão sideral
Forças dormentes da natureza
Em mim despertaram
Na fúria de ver
O futuro e o amor
    Você
Tudo escapando da mão
Como a mais vã ilusão

Ironia dolorosa e cruel
Revolta contra o que pode
E o que não pode ser
Da alegria sobrou nenhuma
Apanhada do mar como espuma

Ao ver as portas do paraíso
Fecharem bem na minha cara
Levando tudo de que eu preciso
Todos os meus súbitos apelos
Foram para estar ao seu lado
Mas o sorriso foi de despedida
Rejeição a qualquer carinho
Qualquer ajuda

Volta para tua casa
Você disse
E ressoaram as palavras
Ainda mais duras
Pela doçura
Dos seus lábios

Volta para tua vida
Não quero que veja
O que vai acontecer
        Comigo
Lembra de mim como eu sou
Assim como sempre fui para você
É o que ainda quero ser
        Sempre

Assim
Simplesmente
Nem menos ou mais que de repente
Na mais importante hora
Você foi embora
Pelo motivo maior

Foi embora
Por amor

VIII.

(Da Wikipédia)

Meningiomas são tumores benignos das meninges que podem comprimir os tecidos cerebrais adjacentes. Os sintomas dependem da localização do tumor. O tratamento pode incluir excisão, radiocirurgia estereotáxica e, às vezes, radioterapia.

Os meningiomas, em particular os com diâmetro inferior a 2 cm, estão entre os tumores intracranianos mais comuns. São os únicos tumores cerebrais mais comuns em mulheres. Tendem a ocorrer entre 40 e 60 anos de idade, mas podem surgir na infância.

Esses tumores benignos podem se desenvolver em qualquer porção da dura-máter, com mais frequência sobre as convexidades, próximo aos seios venosos, na base do crânio, na fossa posterior e, raramente, nos ventrículos.

Pode haver múltiplos meningiomas. Os meningiomas comprimem, mas não invadem o parênquima cerebral. Podem invadir e distorcer o osso adjacente. Há vários tipos histológicos, todos com evolução clínica similar, e alguns se tornam malignos. Os sintomas dependem da parte do cérebro que é comprimida e, portanto, da localização do tumor.

Os tumores da linha média em idosos podem causar demência com outros poucos achados focais.

IX.

Toda a vida pela frente
As expectativas prestes a se realizar
Os esforços monumentais
As felizes e infelizes coincidências
As forças sobrenaturais
Tudo culminou aqui
Não do jeito que esperei
Sim do jeito que senti

Massacrado pela dor
De divina impiedade
Atropelado por aquela despedida
Da renúncia por amor
Caí em mim
Ou em nada

Foi contigo a paixão tão sorridente
Foi contigo a beleza da vida
Só ficou a certeza
Do que seríamos juntos

Desvelo
Dos momentos importantes
Restou a chave do cofre trancado da lembrança
E ter você eternamente à distância
Mais que nunca longe
Longe pior que antes

*

Uma tempestade de raios
Trovejando em dia claro
Ribombava no rumo de casa
Meio sem direção
No coração revolta pura
Inconformismo
Desolação

Nunca mais outro amor assim
Nunca mais uma despedida
Só você para sempre
Nada mais na minha vida

Todos os sonhos
Prestes a se realizar
De repente desmoronados
Na desídia do Deus bíblico
Deus do Velho Testamento
Feroz e implacável

Da ampulheta quebrada
Escorre a areia
Os sonhos são poeira
Miragem sem sentido

Bolha de sabão
Vazio
No ar frio
Do coração partido

Concurso de projetos falidos
Ruídos de uma vez
Amor derramado ao chão
Achado para ser perdido
Lamentação de desvalido
Procurando enterrar a alma
Sufocar a raiva
Silenciar o grito

*

O horizonte de repente é abismo
O universo deixou de ser infinito
Mas ainda não acaba aqui

Atirado para longe da felicidade
Joguete da tragédia humana
Que nem Shakespeare engendrou
Experimento o freio da resignação
A miséria humana escancarada

Ah coração de vastos sentimentos
Da sensação de poder
Sem limitação
Na suprema importância
Infinita existência do eu

Eu vencedor de guerras
Eu conquistador de gentes
Dono de terras
Eu agora mais um dos impotentes
A tomar o choque
Da nossa insignificância

O amor e o Brasil com que sonhamos
O mundo pelo qual trabalhamos
Para ser um lugar melhor

Acabaram de repente
Desastrados como a gente

Flor do tempo
Desabrochada
Depois fenecida
Na obrigação
De aceitarmos
    O inaceitável

Tivemos a oportunidade
De mudar a história
Fundar o fim da guerra
Praticar a concórdia
Fazer não o amor
Mas compaixão
Não acordos de paz
Mas o entendimento
Não a independência
Mas a liberdade
Bem maior e eterno
Espada contra a opressão
Única luta que vale a pena

Corte no tempo
No azul de céu até o espaço
Quisemos um futuro
Onde todos pudessem estar
Iguais em direitos de vida

Irmanados pelo bem comum
Diferentes mas na essência iguais

Nós que viemos em paz
Nós que propagamos a paz
Nós que defendemos a paz
Nós que proclamamos a razão
A dizer que somos todos irmãos
Não perante Deus
Não perante a lei
Mas pelo coração

Tudo o que foi plantado
Tudo o que defendemos
Tudo o que criamos
Nós que vivemos em paz
No Brasil e no mundo em mutirão
Nós que fizemos um tempo
Que de repente não existe mais
Ou em que o melhor ficou para trás
Hoje olhamos o céu
Ajoelhados ao chão

Porém nosso sonho de liberdade
Nada tinha de errado
Nem deixou de ser certo
Por um tempo realidade
Foi apenas desvirtuado
Ficou enfim desfigurado
(E do ideal chegamos tão perto)

X.

Viver é apenas sonhar
Na nossa vez foi sonho de liberdade
Liberdade que tive como o amor
Tão verdadeira que pareceu eterna
E tanto
Que perder amor liberdade eternidade
Chega a ser uma divina
                Maldade

Nosso sonho de melhorar o mundo
Agora baila no ar nem longe nem perto
É o que testemunha o verso vagabundo
Reflexo do meu eu incerto
Na vasta e densa floresta
Deste poema que é minha festa
E também o meu deserto

       *

Passará a dor
Passará a tristeza
Passará

Passará a treva
Negra oca primeva
No dia que virá

Passará o amor
Outro nascerá
E também este passará

Passará o vento
Passará o fogo
Passará a luz
Passará o sonho

Até o sonho passará

Passarão estas letras
Moídas no universo
Com todas as rimas
E amores e tudo
O que fazia sentido

Passará o bem
Passará o mal
E tudo será um jogo
Sem deixar lembrança
Sem deixar sinal
Nem alguém que verá

Passará o mundo
Passará o firmamento
Passará o tempo
E nem o tempo
Existirá

*

Juntos meu amor nós fomos belos
Em dias claros mágicos risonhos
Fizemos amor e de amor sonhos
E de sonhos fizemos os castelos

Juntos nós criamos uma vida
O nosso tempo, um tempo eterno
E ele foi bom quente e terno
Me deu esperança e deu guarida

Um dia desse mundo eu parti
Coração nômade selvagem
E anotei no diário de viagem:
Sendo breve foi perfeito
   E sorri

*

No mundo pandêmico soa o gongo
Do fim dos amores
E das liberdades
Maldição cigana
Contra quem só tentou o bem
A vida às vezes engana
E não ajuda ninguém

Neste tempo tão sem sorte
Pior não é a morte
A facada pelas costas
O ódio a mentira a traição
É a falta de respostas
Pior é a desilusão

A vida faz de nós
O que bem quiser
Sonhamos ser terra
E somos brisa
Queremos ser mar
Luar ou céu de estrelas
E na vastidão infinita nos perdemos
Queremos ser paz
E somos fúria
Queremos inscrever nosso nome na pedra

Acabamos castelo de areia
E de tanto tentar alguma coisa
Contra a ignorância inabalável
De novo e de novo
Ficamos jovens para sempre

*

Desperto da noite na tarde de sol
Em outros tempos no parque
Crianças estariam a brincar
Haveria gente feliz em algum lugar

Em casa não encontro a mim mesmo
Não sei onde estou
Mais nada
Desorientado dia
Desorientada estrada
Na pandemia

O certo já não é tão certo
O perto não é mais ali
O tempo se parte
Reflexo de nós mesmos
Fragmentos de luz e sombra
Não sei mais o que sei
Ou quando
Nem o que quero
E o que eu queria mesmo
      Acabou

Santo santo santo
Senhor de todo o universo

Proclamamos a Tua glória
E a Tua inclemência
Beirando a iniquidade

Manipulador sem remorso
Tira quando dá
Mata quando cria
Cria quando mata
Sem que haja razão nem piedade
E a nós aprisionados na matéria
Resta invocar o espírito
Ou a imaginação

Meteoro perdido no espaço
Objeto errante
Não faço mais sentido
Não tenho outro caminho
Senão a poesia
Refúgio de mim mesmo
Consolo sem regaço
Alegria e companhia
Mesmo que um poema
Não valha um simples abraço

Já não busco o amor
Não busco a família
Só vivo o dia
Sem maiores consequências

Não sou tempo
Sou instante

Não sou amor
Sou mais amante
Sem hora
Sem lugar
Sem querer
Irrelevante
Sou agora
Sem pensar

*

O amor e a gratidão
Os esforços
De quem empenhou em tudo o coração
São ao fim o seu reverso
Ingratidão
Repúdio e flagelação
Regurgitação do mal

Na civilização
Inventamos a roda
A máquina a pistão
A luz e a escuridão
A penicilina
O avião
Os milagres da comunicação
Fizemos uma revolução
E aperfeiçoamos
A solidão

Duro é o mundo sem alma
De algoritmos e da classificação
Onde a máquina se desenvolve
Atrofiando o ser humano

Duro é o mundo em que o amor
Antes conforto e lenimento

Passa a ser engano
Passa a ser sofrimento
Passa a ser rancor

De tudo resta pouco
A vontade de ir
A qualquer lugar
Rezar para a alma
De todos nós
E sobretudo
Sobretudo
Nunca mais amar

*

Garças brancas leves soltas
No fim do dia a voar
Voam juntas umas e outras
Para o lugar de repousar

Assim também corações voam
Nas tardes da nossa vida
Nos juntando uma vez mais
Voltam ao ponto de partida
Ninho onde o amor encontra a paz

E quando a morte fecha a história
Não há a tristeza de um fim
A sensação é de vitória
Que juntou você a mim

*

Toda vida é uma só
Natureza em comunhão
Alma que transmuta o pó
Dá ao universo pulsação

Somos chuva somos água
Somos seiva somos relva
Somos sol somos luz
Somos bicho somos fúria
O relâmpago e o trovão
Somos ida somos volta
Tudo junto em turbilhão

Somos pedra somos plasma
Somos magma e vulcão
Somos distância sem medida
A chegada sem partida
Somos tempo sem espaço
Somos morte e recomeço
Somos a paz da revolução

Somos vento
E liberdade
Liberdade somos nós

Filhos da própria vontade
E nunca estamos sós

Liberdade é a vida
Água escorrendo entre os dedos
Ar penetrando os pulmões
Luz amanhecida
Brasa dormida
    Em corações

Liberdade ainda existe
Eterna chama sempre acesa
Estrela maior do firmamento
Razão de viver para quem dela nasceu
E por ela viveu
Tudo isso é o que pensei
Durante uma noite
Até que o dia amanheceu

*

Diante da cidade esvaziada
Do planeta desacorçoado
Pelo golpe da pandemia
E mais de meio milhão de mortos
Busco o que já nem espero
Com medo do que posso encontrar

Medo de ter perdido o que nunca tive
Medo de saber que ainda quero
O que talvez nem mais exista

Ao olhar a tela do computador
Onde a tragédia diária
Em números e dramas se alastra
No meio do mar de morte
Da desolação paralisante
Vejo surgir seu nome
Bálsamo
Iluminação

Ávido procuro mais
O álbum de fotografias
Onde está aquele sorriso
Da felicidade sem idade
Brilho no rosto emoldurado

Aquecido pelo gorro de lã
Sol do inverno austral
Os filhos que já são
Como nós antes
A família reunida
Passeando o cachorro
Na beira do lago
Círculo do paraíso
Que para o seu socorro
Num dia para mim amargo
Você escolheu

Porém assim
Você volta a ficar perto
A vida mesmo tão distante
Que a vida nos deu
Para mim é o bastante
É alívio saber que nem tudo se perdeu
Resgate de amor e de esperança
Preservados à distância
Para quando eu olhar

Você viva viva
Como no meu coração
Longe mas presente
A me fazer contente
A me devolver energia e confiança
Ao mundo iluminar

Você meu elixir
Você no meu universo particular

Onde o nosso amor
Nunca deixou de existir
Você meu mundo meu país
Campos etéreos idílicos
Verdejantes exuberantes
De natureza inigualável
Ninho de um amor gigante
Belo como outro não há

Todos os males novamente
Parecem agora pequenos
E se ainda são grandes
Invencíveis não são

Você então a ler cada letra
Do curto bilhete que escrevo
À mulher que nunca esqueci
Vou escrever um livro eu digo
Você responde
Eu sempre te sigo
       E diz
Vem escrever aqui

*

Súbito não mais importa
O concreto da prisão doméstica
Pelas janelas e cada fresta
Entra o ar da liberdade
Contraveneno
Do passado desvanecido
Da liberdade fenecida
Do amor empobrecido

Dispenso a anestesia
Das leves doses de alegria
Enquanto no espelho
Vemos as rugas sem rosto

Restauro em mim
Antigas certezas
Muda o presente
Muda o passado
Com outro significado
Tiro do horizonte a energia
Para seguir na entrega
Ao amor e ao trabalho

Não foi miragem
O amor como motor do mundo
Não fomos todos levados

A uma vida enganada
Por inexplicáveis ingenuidades

Não foi toda a luta em vão
Nem nosso tempo perdição
A ponto de estarmos
Tão ao desalento
Apenas em algum momento
Sem o nosso conhecimento
O futuro mudou de direção

Não se perdeu o caminho
Não mudaram os princípios
Atacados pelas meias verdades
Piores que a mentira
Pois envenenam a confiança

A mentira destrói a gente
É traição dos sentimentos
E dos sonhos mais puros
Aqueles que tanto tememos entregar
Porque neles empenhamos o coração

Mas existe solução

XI.

Minha terra tem palmeiras
Onde eu canto o meu amor
E não importa aonde eu for
Serás minha como são
Minhas terras brasileiras
Onde eu vivo sonhador
Dono do teu coração

A esperança é uma fresta
Na penumbra do meu ser
De luz é uma breve réstia
Mas é só o que quero ver

As ideias e o amor
São o começo e motor
De toda transformação
Para tudo a confirmação
Até do impossível

A sensação de tempo perdido
De que seremos esquecidos

Se abre para um novo tempo
O tempo pela frente
Que precisa ainda da gente
Tempo final de construção

Na era da invenção
Que mecanizou o ser humano
E humanizou a invenção
Não envelhecemos
Ainda somos nós a fazer
Germinar o futuro

É preciso defender a humanidade
Pensar no próximo
Porque o próximo
Também cuida de nós
É preciso liberdade
Para dar e ter nosso melhor
Viver na plenitude
E se vivemos juntos
É para garantir a nós e ao outro
O direito de viver bem
Realizar sonhos
Matar a fome
E a sede do corpo e do espírito

Nosso legado
É o amor concretizado
Amor primeiro a um país
Território por vezes ingrato

Em que não basta ser nato
Para ser livre e feliz

Por que cantarmos a mata
O céu estrelado
Os rios em profusão
Um país tão rotulado
Como um parque de diversão
Se não for para dar realidade
Ao sonho de nossos avós
Que confiaram em nós
E a nós passaram o bastão

No Brasil que hoje é o mundo
No mundo cada vez mais mundo
Sem fronteira raça língua e credo
Perdido o sentido de todo o medo
Onde damos aos filhos orgulho
Matéria-prima do homem
Como farinha do pão

Fizemos a terra repleta de amores
E amores que geraram amores
Amor ao trabalho
Amor à criança
Semeamos o chão
Avivamos os sentimentos
Grandeza que é sacramento
Da vida consagrada ao amor

A recompensa da luta
É o amor que se deixa plantado
Faz do berço nosso destino
Lugar onde deitamos o choro
Rimos o nosso riso
Resolvemos pequenas e grandes querelas
Esquecidos de que somos um
E de que sem tolerância
Não há amigo nenhum

Amor à vida
Reunindo o amor a alguém
Ao país ao mundo
E o que fazemos para melhorar a vida
O esforço de deixar algum bem
Humana eletricidade

*

Ainda podemos andar
De braço dado
No trabalho ombreado
O mesmo propósito
No Brasil a mesma nação
Vinda da diversidade
Forjada na adversidade
Da antiga tribo belicosa
Tanto quanto alegre e amorosa
Gente capaz de doar
A quem nada tem
E dar além do que pode dar

Gente afeita ao sorriso
Que faz o que é preciso
E mais do que é preciso

Gente aberta e calorosa
Merecedora da felicidade
Mas que não sabe onde a felicidade está

Aqui nossos pais nos deram a vida
Aqui amamos desde a infância
Aqui procuramos o sal da terra
Irmanados nos mesmos desejos

Aqui brincamos de esconde-esconde
Cozinhamos feijão em fogo brando
Tiramos goiaba do pé
E sentamos no meio-fio
Olhamos a beira do rio
Nas madrugadas adolescentes
Nadamos com as correntes

No Brasil mudamos nosso destino
Demos o melhor de nós mesmos
Aspiramos a paz
E ensinamos a paz

O Brasil não é para o Brasil
Antigo velho quintal
Para a exploração alheia
O Brasil é para o brasileiro
E um mundo mais brasileiro
Rico de graça e talento
Identidade de uma raça
Que neste canto eu invento

Povo rico não é o que tem
Dinheiro e produção
É quem tem solução
País feito de gente
De cidadão inteligente
Do soldado ao aldeão
E de mim e você

Unidos pelo amor sem fronteira
Sem tempo e limitação

O meu país
Esse que a gente quis
É amor pela raiz
É água de beber
Ar de respirar
Céu azul de amar
Questão de ser feliz
E ainda pode ser

*

Nesse tempo tão distante
Aprendi a não ter pressa
A tua presença é importante
Mas o que mais interessa

Não são as horas batidas
Na rotina sem vida e sem magia
São emoções nunca esquecidas
Eternidade – e não um dia

Passa vento passa tempo
Passa lua e furacão
Passa gente trabalhadora e honrada
Passa corrupto e ladrão

Passa boi passa boiada
Passa e volta a emoção
Passa fogo passa chuva
Não passou minha paixão

Tantas e tanto as vidas passam
E continua Deus somente
Mesmo para quem não é temente
E para os que não acreditaram
Que nosso tempo foi vitória
Fica aqui o meu refrão

Passa choro passa dor
Passa o riso passa a gente
Só não passa a história
E a nossa história de amor